Ismail Kadaré

H档案

[阿尔巴尼亚] 伊斯梅尔·卡达莱 著
文敏 译

浙江文艺出版社
Zhejiang Literature & Art Publishing House

版权合同登记号：图字：11-2018-547 号

图书在版编目（CIP）数据

H 档案 /（阿尔巴）伊斯梅尔·卡达莱著；文敏译 .
—杭州：浙江文艺出版社，2021.1
ISBN 978-7-5339-5875-6

Ⅰ . ① H… Ⅱ . ①伊… ②文… Ⅲ . ①长篇小说—阿尔巴尼亚—现代 Ⅳ . ① I541.45

中国版本图书馆 CIP 数据核字（2019）第 222089 号

H 档案
H DANG'AN
作　　者：[阿尔巴尼亚] 伊斯梅尔·卡达莱
译　　者：文　敏
责任编辑：王莎惠
营销编辑：张恩惠
装帧设计：所以设计馆

出版发行：浙江文艺出版社
地　　址：杭州市体育场路 347 号
网　　址：www.zjwycbs.cn
经　　销：浙江省新华书店集团有限公司
印　　刷：浙江新华印刷技术有限公司
开　　本：880 毫米 ×1230 毫米　1/32
字　　数：126 千字
印　　张：6.125
插　　页：1
版　　次：2021 年 1 月第 1 版
印　　次：2021 年 1 月第 1 次印刷
书　　号：ISBN 978-7-5339-5875-6
定　　价：45.00 元

目 录

寻找荷马史诗（中译本代序）

许志强

一

阿尔巴尼亚作家伊斯梅尔·卡达莱的小说《H 档案》（1990），讲述在纽约定居的两个爱尔兰人，漂洋过海到阿尔巴尼亚寻找荷马史诗的踪迹；他们自称“民俗学家”，携带着刚发明的带式录音机，试图搜集古代英雄史诗的残存，在此基础上破解荷马创作之谜。这件事听起来有点不靠谱，两个人一无经费，二无专业研究背景，靠在电台里偶然听闻的一点知识，就想在荷马研究领域获得划时代发现。要知道，古典学的三大主题，荷马、基督和莎士比亚，迷雾重重，歧见迭出，其争吵之激烈，说是在进行“血腥的学术战争”，丝毫不为过，这里头岂有门外汉置喙的余地？但小说的两位主角，具备门外汉才有的莽撞勇气，踏入阿尔巴尼亚北部山区，开始艰难的发现之旅。

乔治·斯坦纳的文章《荷马与学者们》（1962）谈到过这个现象，像是在为《H 档案》中那种堂吉诃德式的举动辩护：“在文学和历史评论的三大经典谜团中，正是局外人做出了最杰出、意义最重大的发现。”诸如特洛伊古城的发掘、米诺斯经卷的破译、死海古卷的释义等，哪一桩不是局外人做出的业绩！这是一群“成分混杂的业余爱好者、神秘主义者和受直觉支配的怪人”，追随古典学“庞大的学术舰队”探测未知领域。伊斯梅尔·卡达莱的小说，单凭这个题材就可以说是吸引人的。披上人类学或古典学面具的学术之谜，成了《达·芬奇密码》这类畅销小说的卖点，自然也可以成为一部讽喻小说的叙述动机。《H 档案》的“H”是“荷马”（Homer）的英文首字母。透过近三千年时空，那位盲诗人的阴魂或许终将再现，小说里的主角这样认为。

荷马是否实有其人，这是荷马研究的一个热点，几乎每一篇探讨荷马的文章都要涉及，关乎史诗的创作、编纂、保存、传播等一系列颇具争议的问题。究竟谁是荷马？这个问题让不少人耗去毕生心血。古希腊人相信荷马确有其人。从古希腊全盛期之前到公元前 5 世纪，他们认定荷马的出生地是在小亚细亚海岸名叫开俄斯的岛上。公元前 5 世纪的历史学家希罗多德声称荷马与他相隔四百年。柏拉图读荷马，是表示不满的；他读到的两部史诗的文字本，不管是由雅典的执政官梭伦还是由雅典的独裁者庇西特拉图下令编订的，总之，固定的文字抄本已成为尊崇的对象，而柏拉图质疑的是史诗的“有害影响”，倒不是荷马本人的存在和归属问题。亚里士多德的《诗学》将荷马史诗定于一尊，只谈美学评价，不涉及考证问题。大约从 17 世纪末起，人们就史诗的形成及历史上是否真有荷马其人等问题发生激烈争论。这前后的变化可用“古代派”和“现代派”区分。“古代派”更倾向于作者一元论，“现代派”更倾向于作者多元论。乔治·斯坦纳的文章对“现代派”的观点做了一番梳理，有感于荷马研究“每隔十年都会出现新论”，各种各样的发现“充满了激情和狂热信念”，尤其是在我们这个“后弗洛伊德时代，文学创作被看成是极其复杂的行为”，“19 世纪编辑者看成是文字脱漏或穿插的地方，我们往往认为是诗性想象的迂回或特殊逻辑”，这与“古代派”的认识是有区别的。

实际上，古代语言学家对史诗的形成问题也早有争论。乔治·斯坦纳的文章没有提到的一个重要人物是维柯，后者在其《新科学》一书中就谈到古代语言学家的争议，并做出了他自己的考证和结论。维柯认为，“创作《奥德赛》的荷马和创作《伊利亚特》的荷马并非同一个人”；“荷马的故乡在哪里是无人知道的”，“就连荷马的年代也是无从知道的”；“荷马也许只是人民中的一个人”，“荷马不曾用文字写下任何一篇诗”；“用荷马史诗来说书的人……他们都是些村俗汉，每人凭记忆保存了荷马史诗中的某一部分”。

正如丹尼尔·J. 布尔斯廷在《创造者》一书中所说，古希腊三大悲剧家的作品大半散佚，而年代更为久远的荷马史诗却独独保存下来，这不能不说是一个奇迹，而这是如何做到的呢？首先，特洛伊战争发生在公元前 12 世纪早期，荷马史诗形成于公元前 8

世纪，久远的历史记忆穿越四百年时空，这只能是凭借集体口述的方式才能做到。其次，被称为线性文字 B 的迈锡尼古语，于公元前 13 世纪从希腊本土消失，五百年后（大约在公元前 8 世纪），希腊人在本国语言的拼写中采用腓尼基字母，才重新有了书写文字，史诗正是在这一段没有书面文字的时期形成的，因此必然是一种口述创作。从以上两点看，史诗“是一个没有文字的时代游吟诗人集体记忆的产物”，这应该是没有疑问的。只是游吟诗人的集体记忆如何铸成结构缜密、品质卓越的经典，这一层关系似仍有待于破解。

20 世纪荷马研究最可观的两大发现，都是由业余爱好者做出的。一是擅长密码学的英国建筑师迈克尔·文特里斯（Michael Ventris），他破解了神秘的线性文字 B，让史前迁徙者带到希腊的语言变得依稀可辨。二是美国青年学者米尔曼·佩里（Milman Parry），此人深入南斯拉夫山区，亲耳聆听游吟诗人的吟诵，取得了非同寻常的研究成果。通常的看法是，这两个人在 20 世纪前期所做的探索，与过去两千年的荷马研究相比，带来了更多发现，可惜他们都英年早逝，未能在相关领域搭建起更坚固的桥梁。所谓的线性文字 A 也要留待另一个迈克尔·文特里斯去破解了。不管怎么说，谈到史诗口述传统的问题，人们倒是比从前更有信心，而这一点要归功于米尔曼·佩里的发现。

相关文献介绍说，南斯拉夫不识字的牧羊人坐在录音机前即兴吟诵英雄史诗，这些史诗多取材于传统史诗主题，诸如宙斯的许诺、阿喀琉斯的愤怒、赫克托耳尸体赎回、海伦被帕里斯拐走等；他们反复使用这类情节，并通过听众喜闻乐见的诗歌习语加以联结，诸如“黎明玫瑰色的手指”“有猫头鹰般眼睛的雅典娜”“攻城拔寨的阿喀琉斯”等，这些是从传统节目单上就熟悉的。米尔曼·佩里发现，南斯拉夫牧羊人不就是在做荷马做过的事吗?《伊利亚特》头二十五行诗中有二十五个这种长短不一的习语套词。《伊利亚特》和《奥德赛》足有三分之一篇幅是由反复出现的诗行构成。现代读者看作是文学俗套，而它们是口述史诗的黏合剂。这些符合荷马诗韵的固定词句，给游吟诗人选唱下一段情节以喘息之机。佩里还发现，那些人每一次吟诵都有新的即兴创作，也许是受到天神启示，也许只是为了迎合听众，总之他们并未固守脚本，而是进行自由发挥，让史诗主题在固守程式和即兴创作的过程中得以维系。佩里和维柯的说法较为一致，所谓荷马只是众多游吟诗人中的一员，幸运之处在于，“某位精通新的写作艺术之人在纸草上机智地写下了这个杰出的游吟诗人演绎的几个传统主题”。究竟谁是荷马或许已经不太重要，事实上也无从考证。借助南斯拉夫边远地区的文化遗存，史诗的创作机制似乎以前所未有的清晰度逼近我们的观察。

毫无疑问，伊斯梅尔·卡达莱这部小说，讲述两个门外汉异想天开寻找荷马史诗的故事，其灵感是源于米尔曼·佩里的事迹。小说贯穿的情节线大体是按照这段逸事编织的。身为阿尔巴尼亚作家，卡达莱的目光显然被那个饶有意趣的现象所吸引，“阿尔巴尼亚北部山区，延伸至南斯拉夫西南部黑山和波斯尼亚部分地区，仍在产生类似荷马史诗的诗歌素材，熔铸史诗的最后遗存”，这是多么吸引人的“寻根派”题材。他的小说《梦幻宫殿》（1981），也写到阿尔巴尼亚的家族史诗，“像月亮的背面那样神秘、陌生”，标示着“厄运”和“死者的影子”。古典学学者、民俗学家和文学批评家煞费苦心的探索，在小说家笔下被赋予某种“诗性想象的迂回或特殊逻辑”，这是卡达莱的创作给荷马研究注入的一点趣味。《H 档案》对荷马创作机制的观察，不可能超越米尔曼·佩里的研究。它让我们体验到的是艺术的想象及陌生化效应，不乏奇情异彩，确也显示“后弗洛伊德时代”的一种书写方式。将古典神话置于现代语境，在坚固的学术壁垒上撬开一道缝隙，欲以窥见“盲诗人”再现的一缕阴魂，这正是小说家的权利。

二

《H 档案》不长的篇幅嵌入多层主题，显得迂曲而敏感。除了寻找荷马史诗这个主题，还有作家关注的巴尔干半岛政治和巴尔干地区民族矛盾等主题。这些主题的紧密编织，反映其创作根植的土壤和深层次背景。

伊斯梅尔·卡达莱于 1936 年出生在阿尔巴尼亚山城吉诺卡斯特，就读于地拉那大学，曾在莫斯科高尔基世界文学研究所进修。《梦幻宫殿》的译者介绍说：“他的《群山为何而沉思默想》和

《山鹰高高飞翔》等长诗曾获得过恩维尔·霍查的赞扬。可见，他曾是一位多么风光的‘党和人民的诗人’。”

他的历程和东欧作家米兰·昆德拉、诺曼·马内阿等人较为相似，曾以诗人的激情拥抱社会主义革命，经历了世界观和审美意识的转型，陷入“萨米亚特”（非正统意识形态出版物）式的写作，进入孤独的流亡状态。他的前半生主要是在恩维尔·霍查掌权下的阿尔巴尼亚度过。为获得创作自由，他于1990年移居法国。他用法语创作的小说《金字塔》（1992），以公元前2600年的埃及为背景，讽刺了霍查对雕像的迷恋。这位作家的题材相当开阔，诸如苏丹奥斯曼帝国（《梦幻宫殿》）、索古一世的阿尔巴尼亚君主国（《H档案》）、法老时代的埃及王国（《金字塔》）等，足见其想象力之活跃。而他处理题材的方式，则显示对极权的持续关注和兴趣。早年诗歌描绘的那只“山鹰”似乎并未离开故土，而是在那儿飞翔盘旋，啄食记忆的腐尸。

作为一名讽喻作家，他的创作根植于自身的经历和文化土壤，也显示一种观察的距离。对卡达莱这样的作家而言，流亡者与其故土之间的关系，仍取决于讽喻的视线与其对象之间的距离。这种距离是必要的，出于对语言和美学范式的自觉，在流亡前就已形成，在流亡后也仍将保持。可以说，讽喻是一种距离的美学。它所制造的与其说是愤激的悲剧，毋宁说是谐谑的喜剧，或者说是某种类型的轻妙的悲喜剧。

《H档案》是一部讽喻小说，将类似于“寻根派”的主题和政治讽喻的主题联系起来，带有轻快的戏谑色彩。两个寻找荷马史诗的外国人，初来乍到就被当作间谍，受到严密监控。从职业密探、车站搬运工到宾馆经理，都要汇报监视情况。身为本地最高行政长官的总督还抱怨道："那两个外国人为什么要选择 N 城这一带从事他们那些令人费解的名堂?"总督的这句话像喜剧台词，暴露了角色的荒谬。作为极权统治的代理人，总督与其属下一样，不过是颟顸自负的官僚机器上的一个部件，除了执行上级指令，对事实真相几乎一无所知。我们不禁要问，总督对其辖地上的山民歌手和文化遗存难道如此无知，从未听说过有关荷马史诗的传言？小说在这个方面的描写虽有些夸张，却也道出了官僚体系的某种本质：一群文化上的"村俗汉"，恐惧外部世界，习惯于把外来者当作是危险的间谍和颠覆分子。而总督夫人则是另一种"村俗"类型，抱怨外省封闭乏味，对来自文明世界的访客怀有想入非非的欲望。两位"民俗学家"的探险之旅，便是在这样一个现实背景中展开，出现了荒唐的误解和错位，使得荷马史诗这个主题染上令人啼笑皆非的喜剧色彩。

这个叙事模式有着果戈理的外省喜剧的烙印：外来者闯入一个封闭的社会，引发一连串闹剧式的荒唐无稽的反应。《H 档案》中的 N 城，犹如《死魂灵》中的 NN 城，一个微型的外省世界，连头面人物的晚宴和聚会也如出一辙。卡达莱对这个模式的提炼颇有心得，正如布尔加科夫、诺曼·马内阿等人的创作。他们从果戈理的"史诗"剥取喜剧的独特形制，在讽刺性的忧郁中培植幻觉和笑料，其美学上的关联也是基于某种社会意识形态的同构性，在较长一个历史时期，这片土壤的政治文化给讽刺小说提供了素材和灵感。虽说巴尔干半岛不同于东欧，极权主义程度也不完全相同（按照南斯拉夫学者米哈耶罗·米哈耶罗夫的说法，阿尔巴尼亚的“极权主义专制的程度甚至超过了苏联”），标志极权的社会特征及其文化禁锢的力量却非常相似。《H 档案》的故事时间是 1933 年，属于“鸟国王”（索古一世）统治时期，读来也不觉得隔膜。好像历史并无明显区分，那些笑料和闹剧是在同一具腐尸上繁殖出来的。

《H 档案》让人看到对果戈理模式的继承、改造及后现代式处理。讽刺无疑是辛辣的，线条相对粗一些。叙述多以蒙太奇式的剪辑完成，有自己的特点。例如，二十四小时的全天候监控，在文本中形成密探即叙事者的视角，写法较灵活。不过两个外国人和 N 城的关系毕竟是不紧密的，因此可以看到，外来者和封闭社会之间的喜剧式互动并未构成叙事的主线（其主导动机还是寻找荷马史诗），而当荷马史诗的主题逐渐占据首位时，喜剧性动机减弱，故事场景转移到了野牛客栈，原有的框架似乎出现松弛。作者的解决办法是在叙述中又楔入一个主题，即“史诗的双语或双生现象”，将巴尔干半岛的民族矛盾导入。应该说，这个派生的主题并未造成游离，实质是加强了戏剧性冲突。隐修士弗罗克带人袭击客栈，所有的设备都被捣毁（尤其是那台录音机），这是故事高潮，寻找荷马史诗的主线就在这儿打了个结。讽喻性喜剧变成了一出悲喜剧。

情节的构想是机智的。这部篇幅不长的小说能否消化那么多主题，或许另当别论。所谓“史诗的双语或双生现象”，不仅涉及塞尔维亚人和阿尔巴尼亚人的族群矛盾，而且还包含“伊利里亚的族源”或“阿尔巴尼亚人文起源”的命题，内涵较复杂。米尔曼·佩里的调查也许有缺漏，未能顾及“希腊—伊利里亚—阿尔巴尼亚叙事的原初构架”，小说作者对此加以补充，试图展示阿尔巴尼亚文化的存在及境遇，这是可以理解的。只是插曲式的叙述略有些仓促，好像故事来不及展开就变成了一起事故，寻找荷马史诗的主线也迅疾隐没在迷雾中。两位“民俗学家”的工作究竟是毁于意外，还是受阻于冥冥之中“荷马的报复”，这就似乎有点说不清了。小说的叙述含有多个面相，不提供固定答案。

乔治·斯坦纳谈起米尔曼·佩里的“伟大发现”，持保留意见，甚至认为南斯拉夫牧羊人在录音机前吟诵的英雄史诗，对我们了解《伊利亚特》的创作性质几乎没有一点帮助。他说，将荷马史诗与“录制下来的最好的民间诗歌放在一起，差异一目了然”。但斯坦纳的文章未能提供例证和比较，展示两者的差距，这未免有些遗憾。读《H档案》，那些高地民间诗歌让人感兴趣，例如，关于艾库娜背叛的歌谣和掌旗官佐克的史诗，尤其是四个版本的艾库娜，其中一个版本讲到她的丈夫，那位“遭背叛的慕杰，被迫戴着镣铐，用牙齿叼着松枝火把，照亮爱人欢愉之床”……

我们似有较长一段时间不曾了解阿尔巴尼亚当代文学创作了。

伊斯梅尔·卡达莱的几部小说被译介过来，填补了一点空白。不读《H档案》，我们多半也不了解阿尔巴尼亚北部山区的史诗遗存。是否有助于诠释荷马的创作机制，倒也未必需要马上得出结论。当那些山民歌手做出 majekrah（翼尖）这个动作，在高脚油灯的光影里，奏响拉胡塔（lahuta）琴声时，那“乐器纯净的声音似乎要把听者引入一种包罗万象的梦境”，对此隐隐感到激动的，何止书中的两位“民俗学家”。

无可否认，口述史诗首先是一种听觉的艺术，这是解开荷马之谜的一把钥匙。我们看到，所谓“荷马的报复”是要惩罚那些企图破解他秘密的人，而那位即将失明的“民俗学家”，在启程离开阿尔巴尼亚时，令人惊异地和民间史诗的韵律融为一体，像是注定要进入荷马的长夜。到了这一层，故事的底蕴、幽默和悲感，似是混合在一起了。

高地民间史诗，至少有些句子和荷马的句子是难以区分的。不知乔治·斯坦纳以为然否？例如，总督夫人随口背诵的那一句：

黎明之光从她斜倚的卧榻上升起。

2014年4月27日，杭州城西

第一章

那个来自阿尔巴尼亚王国驻华盛顿公使馆的外交邮袋，在一个阴郁的冬日送抵，这般自然气候在这类落后的蕞尔小国的首都相当常见。邮袋里有两份已在纽约定居的爱尔兰人的签证申请，还附有一纸简要说明，其中提到申请人先是称作“民俗学家”，后面又说“据称是民俗学家”。关于他们的一切介绍都显得粗略不详。看起来，他们似乎会一点阿尔巴尼亚语，他们想来这个国家旅行，搜集阿尔巴尼亚的古代英雄史诗，他们将携带一批有关北部地区的档案卡片和地图，根据他们自己的陈述主要将在那一地区展开活动。他们将随身携带记录语音和歌曲的机器——那是一种古怪的、闻所未闻的奇妙玩意儿，被称为**录音机**，公使馆的官员解释说，这种机器刚刚发明出来，而且已投入使用。说明最后写道：“不能完全排除这两个来访者是间谍的可能性。”

华盛顿的邮袋送抵两周之后，也就是两个爱尔兰人预计抵达的一周之前，内务部长在给 N 城总督的信中，大致准确地重述了公使馆人员写来的内容，除了最后那句“不能完全排除……可能性”没有原样转录，他在信中写道：“这两个来访者显然是间谍。”

部长用同样的语气写下去，对这两个人的监控应该谨慎有加，丝毫不能让他们有所觉察。总而言之，N 当局应该使外来者有宾至如归之感。

部长想象着总督读到信中最后一句话的诧异模样，不禁莞尔一笑。“**你这傻帽**！”他自言自语道，“待在那种穷山僻壤的兔子洞里，国家大事你能懂个屁？”从部长办公室的窗口可以眺望外交部的屋顶。他知道隔壁那个部门的外交特使们正在欧洲各国首都四处活动，寻找雇佣写手或是伪历史学家来为国王撰写传记。“当然，当然，”他痴痴地嘟囔道，“外交部里都是一些教育背景出色的家伙。所以他们能得到这样的美差，搜寻传记作者什么的，但是真要办成一些正经事，比如为国王搞到巴黎食品柜里的高档馅饼，或是给议长找一个娈童，或是所有这类脏活，他们得找谁去干呢？哼，找我，内务部长！”虽说是满腹怨诽，可他不打算继续给外交部那些娘娘腔打分了。如果是他，而不是他们，想方设法替国王找到预期中的传记写手，那就能够让他们永远闭上臭嘴！每次有外国人来到阿尔巴尼亚，他都惦记着这事儿，只是到目前为止还没有看到真正有希望的机会。不过，那两个爱尔兰学者似乎有可能为这份工作出点力气，尤其在他们被怀疑是间谍的情况下。他会让他们不受打扰地独自活动一段时间，做自己的事情，然后呢，如果运气不错，他就把他们逮个**现行**（“现行”这个词唤起了某个想象中的场景：其中一个外国人被发现在一张大床上正要跟女人激情媾合）。然后，就轮到他出面和他们打交道了。“这边来吧，我的羔羊。先把那些英雄史诗、**录音机**什么的扔到一边去，行不行？坐下，我们来谈谈别的事儿。你可得为你的朋友做些什么。你不愿意？噢，我敢发誓，你这样会逼着我让你领教一下你的朋友有多么恼火。哦，我看出来了，你还是懂点识时务的道理。那就好！现在我们来谈谈吧。你的朋友要你做的事情，对你来说并不困难。你是个有学问的人，不是吗？你的签证表上说你毕业于哈……哈……哈佛。是吗？不错啊！坐下，请坐下。你的朋友会给你纸和笔，他会给你糖果，给你美女，什么都会给你。不过可得小心！你一定不能惹他生气！你得写写他的人生——他的传记，就像人们现在常说的那样——国王的传记。这就是你的朋友要你做的事情。”

部长踌躇满志地封上了寄给 N 城总督的信函，然后敲上封蜡，手势过重使得封印弹跳了一下，盖成了两个印戳。两天后的上午十点，总督收到了信件。打开前，他朝封蜡瞥了一眼。经验告诉他，盖上这种印记的那只手，不是出于恐惧，就是带着一股怒气。

看了夹在里面的便条，他心里松了一口气。“没什么好大惊小怪的。”他对自己说，然后拿起电话向他妻子报告了这个消息。

正在郁闷之中的女人拿起电话，这铃声已经让她失望几十遍了，每次满怀希望扑过去接电话，她都期待有什么新闻能刺激一下自己单调的生活，而从带孔的贝克莱特①听筒里传来的总是她丈夫无聊的询问——“你这会儿干吗呢？”“午饭做好了吗？”——要不，更糟的是邮政局长老婆打来的电话，那娘们能扯的话题就是能让人腻歪死的家长里短，打听诸如怎么做果酱的蠢事。

这个电话却大不一样。她丈夫说的事情真是让她难以置信，简直让她惊呆了，甚至怀疑自己会不会听错了，她大声嚷了两遍，“两个爱尔兰人，来我们这儿？你是这样说的？”

“是啊，是啊。他们还要在这儿待一段时间哩。”

“太有趣了！”她说，简直没法掩饰自己的兴奋，“这可是个好消息！我真是闷得慌……”

她一上午都沉浸在无以言表的落寞之中。雨水在窗上挂起一道道条纹，从昨天开始雨就下个不停。从湿淋淋的窗格看出去，对面街上的烟囱都是歪歪扭扭的。上帝啊，又是像昨天一样的日子，她这么想着，躺在床上叹气。脑子里转悠着并不清晰的思绪：看来这一天确实又被证明是无聊透顶的日子，又是让她闷闷不乐的一天。这当儿她在想这样的日子对世上任何人来说都可能觉得百无聊赖，不过，突然她又换了一种想法，因为她意识到成千上万的女人，在辛苦劳作一周之后，或者经历了一场家庭龃龉，或者哪怕是得了一场感冒，都会对她这般安逸的生活心生嫉妒。

① 贝克莱特：指旧时电话机外壳所用的酚醛塑料（又称电木或胶木），由美籍比利时化学家利奥·贝克兰德于 1907 年发明。——译注（本书注释如无特别说明则均为译者所加，以下不再逐一标注）

不会有多少人能理解她的想法，像她这样丰裕的物质条件，身为N城总督美貌的妻子，居然在这个小城过得如此凄凄惨惨。可是突然间电话铃响了，这一天，就像这根卷曲的电话线，刹那间在铃声中绷直了——成了充满惊奇和神秘的一天。

“两个爱尔兰人要在这儿待一段时间！”她喃喃地重复着丈夫的话，“真是太妙了！这个冬天就不同于往常了！”她丈夫要她明白，他接到上峰指令要让那两个外国人觉得就像在自己家里一样自在。那还用说，她想象着打桥牌的情形，壁炉里燃着火，水晶玻璃上反射着闪闪烁烁的炉火。总督说过那两个爱尔兰人会带来一些奇妙的设备，类似留声机那路玩意儿，不过要时髦得多，她想象着自己投入其中一人怀里，然后又转向另一个，跟着“妒忌”舞曲大跳探戈。他们必定相当年轻，这样才能符合所有的预设。

她又扑向电话机，可是刚拿起话筒却又愣住了。在把这个惊人的消息转述给邮政局长老婆之前，她觉得有必要稍稍延宕这段独自品味的时间。

他们是两个人，她想，很可能两人都是小伙子。她丈夫甚至把他们的名字都告诉了她：一个是马克斯·罗斯，另一个是比尔·诺顿。他肯定也知道他们的年龄。午餐时她得找机会从他嘴里套出这些信息，不能让他有所觉察。

她不由自主地朝浴室走去，在冰冷发亮的浴缸前站了一会儿，然后把手伸向热水龙头。她慢吞吞而性感地脱了衣服。伸出两根手指探进水里试试水温，刚放到半浴缸热水，她马上就跨了进去。

她脑子里想着什么事情，往往就让自己浸泡在浴缸里，一任思绪飞扬。

她半闭着眼睛舒展身子躺下，看着水面渐渐上来漫过自己的身体。这就是埋葬的样子了，她发觉自己想着这种念头，马上把它甩掉，她脑子里一旦钻进可怕的甚至只是一丝恼人的念头就会立刻打消它。“别这样，别这样！”她对自己说。没有必要过早地沉浸在这种想象中。她还年轻，只有三十二岁。她不是在等待一场奇妙的艳遇吗，等那两个外国人到来？她大声念着他们的名字：“马克斯·罗斯。比尔·诺顿。”这是常见的欧洲人的名字。她很了解这个，几年前，因为自己的名字莫卡德兹念起来很像东方人，她把它改成了戴茜。很多人都忘了这事儿，有些人甚至不知道她还有过别的名字，可是只要有人还记得她原来的名字并用来称呼她，不管说话时是否心不在焉或根本没有恶意，她马上就会把这人归入敌对阵营。戴茜这个名字听上去很棒。如果那两个小伙子知道戴茜在浴缸里如此思念他们，谁知道人家会有什么感觉？她经常试着根据人名音节去想象那人的模样。这会儿她就要这样来揣摩那两个外国人了。

马克斯·罗斯，她想象着，应该是一头红发，而且头发非常茂密（也许是因为字母 x 和 r，再说甚至还有两个 s）[①]，另外那个比尔呢，她觉得应该是头发平顺地往下梳，那模样少了点男子气

---

① 马克斯·罗斯的名字是 Max Ross。

概，但危险系数未必就小。多年来她一直就想遇上这么个名字的人，名字有点缥缈，稍稍有些雾里看花的意思，因为很难理出头绪，那就更有一种吸引力。

热水已经完全漫过她的身体，这时她才想到，自己忘带肥皂进来了。管它呢！她干脆就这样躺在浴缸里。也许没有肥皂还更舒适些。她曾注意到，在相似的情况下，肥皂泡沫不但会搅浑洗澡水，也会影响她的遐思。

透过眼角的余光，她瞥见浸在水下白色的躯体，三角区的阴毛在水流折射下出现了叠影。注意力转换之际，她坠入了一种渐渐袭来的梦境，这使得所有的事物都变得影影绰绰和暧昧不清。尽管她自己不想承认，可她知道，对偏远地区的厌倦使得自己渴望情感上的冒险。自相矛盾的是，几分钟前热水刚刚漫到腰际时，她还试图打消这种萦绕于怀的匪夷所思的念头。她曾在一部罗曼蒂克的电影里领略过这种催生自己想象力的情愫，这种情愫就好像铺设了一条路径。各种各样的形象在她眼前闪过，她感觉越来越难以控制它们。这种情愫来自她在电影院里看过的爱情电影，那些镜头刺激了她的想象，可以这么说，为这种绮思做了铺垫。那些形象在她眼前晃来晃去，她觉得越来越难压抑下去。混乱，无逻辑，无次序的思绪，先是纠缠于茂密的一头红发，马克斯·罗斯，并非因为她真的被他所吸引，而是这事情顺理成章就该如此；或者说，在欲望驱使她全身心投入另外那个比尔的怀抱之前，她需要邂逅全部的复杂情感（竞争、挑起妒忌心，等等）。“噢，我的天哪！”她突然大叫一声，不再去看水下自己的身子，好像是因为盯着自己赤裸的躯体才把这些乱糟糟的思绪带进了脑子。只是因为她的情人有这样一个出色的名字，**她不可能不受孕啊**！

她在浴缸里尴尬地挪换了身姿，像是熟睡的人在床上翻了个身。水流汩汩地发出声儿，水下的身子在水流折射下变形了，这让她又生出了种种绮思。她看见自己面如死灰，模样非常可怕，踏上爬满常青藤的两层小楼的前门台阶。门上钉着一块黄铜铭牌，上面镌刻着 N 城唯一的医生的姓名——名字下面则是**“妇产科”**的字样。

多年犹豫之后，戴茜的丈夫终于同意接受检查，事实证明，他们没有子女是他的责任。自那以后，戴茜在筹划自己的艳遇之前，必须先考虑一下在妇产科医生那儿做人流手术的善后事宜。

因为那么一来，她就不得不出现在那个带有小城阴森气质的男人面前，那人扮演着，或似乎扮演着让她幻想破灭的医生的角色（那就是电影里这类人物的共同模样，在俄罗斯作家笔下，他的名字应该是契诃夫）。“是意外吗？”他会这样问，一边转动着好色的眼珠子瞧遍她身体的那些部位，那些部位不久前还在欢爱的剧情中折腾得七窍生烟，而现在却冷冰冰的，就像医生候诊室的大理石贴面。然后她就会想：你这乡巴佬庸医！你怎么能理解所有这些悲剧性的奇迹？

她又变换一下身姿，洗澡水翻腾了几分钟后恢复了平静，她再一次打量自己通体白皙的身子，心中郁闷便烟消云散。为什么要生出那种倒霉念头？兼有感官享受、好奇心和神秘感的艳遇才是真正的欢乐——它即将来临，在这之前她不想让那些内心失衡的恶念来压抑自己。一手桥牌，一杯酒，一室温暖的炉火——这些期望把她从想象中的悲剧性场景中拽了回来。所有这些事物几乎活生生地呈现在她眼前，而且，几天后就将真正实现。突然一阵冲动，她爬出浴缸披上浴袍，回到卧室里穿衣服。

外边，似乎没有任何异样的动静，铅块一样沉重的云层底下仍然是湿漉漉的冬天，雨水就像这缓慢的生活节奏淅淅沥沥四下飘洒。电话线穿过滴滴答答的雨水很快就将新闻传播开去，先是打给邮政局长老婆，然后是 N 城另一位女士：隔空引起了一阵轰动。

过了半小时，打过几个电话之后，戴茜又走到前窗，站在这儿几乎可以眺望整个小城。外边虽说看起来还是老样子，但她知道在那些呆板的屋顶下面，那桩耸人听闻的新闻已经扯住了 N 城各家各户的神经。

第二章

杜尔·巴克萨贾，也被人称作“帽檐儿”，在N城登记入册的密探中是最厉害的角色，他被指派去监视那两个外国人抵达现场，以及此后他们的一举一动。星期六晚上他把写好的报告呈交总督，也就是说，两个外国人抵达当天消息就来了。他在报告中写道：他自己在车站对面的旅行社差不多待了四个钟头，等着看是否有可疑分子来与外国人接头，可他没有发现有什么人接近他们，甚至把视线推至远处也看不出有人想接近目标。事实上，根据他在那个位置一丝不苟的观察，除了几个通常的搬运工，总共有九个人在那儿等候每周一次从首都驶来的长途客车，也就是星期六才有的一趟班车，那九个人确实都接到了乘坐前边所提到的这趟客车抵达的亲友，他们表露的情感恰如其分地证明了这些人确实是在车站等候自己的亲友。除了那个吉卜赛人哈克西·戈巴，总督也许听说过此人，但报告前边之所以没有提到他是因为后边将提及的一个众所周知的事实，他通常星期六候在那儿是巴望旅客中或许有人会因为他惯常的把戏而扔几个硬币给他——“阁下您请原谅我的表述”——就是那种放上令人惊叹的一长串响屁的把戏。

也许尊敬的总督已经知晓，上边说的这个人由于给本城带来令人难以忍受的不良名声，诸如此类的行为，曾被调查过几次，但据报告作者所知，此事尚未得到满意的解决。总而言之，除了后面提到的吉卜赛人，调查者没有发现任何可疑分子。

尽管自己在听觉方面具有特殊才能，杜尔不厌其烦地继续述说，可是如果要不折不扣臻于完美地执行自己这份使命，也就是说，那将远距离监视那两个外国人，用他谦卑的话来说（如果他尊敬的总督能原谅这样的直率），则需要视力方面更适合的人选。

不过，他不会向任何人提出这种要求，当然也不会到总督那儿去提，他本该考虑到第一阶段的监视也许更为敏感，应该让他的同事皮杰特·普瑞纽斯来承担，那人是远距离监控的老手。他视力方面的能耐在很长一段时间里无人可及，曾经有一次真是神了——尊敬的总督大人也许还记得，在法国领事的太太造访他们这座古城时，尽管那张脸上夸张地抹着厚厚的脂粉，那人从三十米开外就能看见她正和某人眉目传情。

虽说情况已如前述，亦绝非想要质疑上峰命令，承担这样一个或许并非严格意义上属于自己职责范围内的工作，他并不觉得难以掌控。相反，把他摆在这样重要的岗位上是对他的信任，他觉得自己深受鼓舞（尽管在这种情况下，信任并非是尊敬的总督大人考虑问题的全部依据），但他一定尽最大努力忠诚地完成这项任务，向上峰报告最准确的情况。

至于那两个外国人，他们丝毫没有受到任何惊动，绝对不会让他们觉察自己的行动在受到监视。事实上，他们显然没有从旅途的劳顿中很快恢复过来，这可以从他们脑袋转来转去的样子、疲惫的面容和迟疑的手势中看出，这几乎就是焦虑的症状，即便不是在担心什么，他们那样子也显得颇受折磨。

他们先是跟哈克西·戈巴说些什么，是用阿尔巴尼亚语说的，造成误解的原因与其说是他们语言不行，不如说是由于感觉错位。他们把吉卜赛人当成了搬运工，而哈克西·戈巴以为他们让他表演那套令人恶心的拿手把戏，于是就要向他们乞讨，也就是说，他整个身子做着准备动作，这么说吧，照例是使足力气，排出腹中的大量气体，弄出一阵炸响（“我必须再次请求尊敬的阁下原谅”），以此造出他以为两个外国人要让他表演的一连串响屁。上述人员正要重复他那极其无礼的举动——这一次，毫无疑问，他拙劣的表演确实可以被认为是放在国际舞台上——这时，报告作者打断了吉卜赛人的表演，把他嘘走了。作者的动机只是出于爱国职责，事实上并未经过授权。

至于那些行李，尤其是两个外国人随身携带的那只金属行李箱，报告人仅凭目测很难判断里面藏有什么东西，尤其是因为事实上，当时他马上想起这样一条理由，也即他的活动范围基本上限于听觉途径，等等，等等。

有一点要说的是，他并不想违背自己的行事风格去掺和别人的事情，他只是很关心国家事务的平稳运转，再说他不能对同事皮杰特·普瑞纽斯那双鹰眼产生丝毫的不信任，他感到自己有责任指出皮杰特的天赋几乎足以精确估量手提箱和金属行李箱的重量，不必惊动人家就能确定上面说到的箱子重量和箱内物品之间的关联。接着上面说的，他只好冒昧地采用自行其便的手段，拽住一个身负重荷的家伙，也就是搬运工寇特，那人也叫布莱基，去套取他的说法。

搬运工布莱基：行李？别跟我说他们的行李了，看在上帝的分上，那几个箱子差点把我脊梁压断了！我这份差事干了四十年哪，可我从来没遇上这么沉的玩意儿。我跟你说，那重得就像是一坨铅锭！那里边是什么？别来问我——石头，铁器，兴许还是魔鬼呢，不过可以肯定，绝对不是衬衫和领带，我敢发誓。除非他们的衣服是铁做的，就像古时候骑士身上的盔甲似的，就是你在电影里看到过的那种——不过那两个人可是现代绅士呀，根本不需要什么盔甲，而且他们看上去也不像疯子。不对，不对，那肯定不是一般装衣服的箱子……我布莱基只消提起一只箱子就能说出里面装的是什么。当把箱子扛到背上，他很快就能猜到里面是不是塞满了富人镶金带银的衣服，要不就是牧师或穆夫提[①]的圣书啊，比如《圣经》或《可兰经》什么的。只消看一眼箱子，没什么能瞒得过布莱基的。他只须用手摸一下，就能知道箱子里装的是新娘的礼服（装满了喜悦和欢欣），还是寡妇的旧时装（沉重

① 穆夫提：伊斯兰教法说明官或伊斯兰宗教领袖。

地压在里面的全是悲伤)。布莱基扛过许许多多的箱子——喜滋滋的人，疯疯癫癫的人，因国王暴怒而被放逐的人——绝望之中第二天就想拿捆扎箱子的绳子上吊，还有小偷的箱子，画家的箱子，女人只是在这件事情上会有自己的头脑（你从自己的脊梁骨里就能感受到!)，还有官员的旅行袋，隐修士的背包，甚至还见过疯子的行李装了半箱石头。布莱基什么没见过，可是这两件东西，看在上帝的分上，布莱基这辈子还从来没遇见过。压得我差点背过气，我还以为自己要断成两截了，我对自己说："布莱基，老家伙，你得跟这份要命的工作说再见了！宁可倒下死掉，总还强于丢人现眼地说，我扛不动了!"因为布莱基曾经做过一个比死还要惨的梦，有个旅行者带着箱子走在一条泥泞的路上，脚下那棕绿相间的颜色显得很不真实，那人招呼他："嗨，搬运工!"布莱基想提起他的箱子，可就是没有力气。你瞧吧，这就像那个梦一样——我压在那个该死的箱子下面，浑身浸在冷汗里，那不是箱子，那本身就是个魔鬼。

环球宾馆经理：那只手提箱真的很重，可行李箱更是重得要命。为了把它们搬到二楼客房——我的天哪！——通常的那个行李侍者根本不顶用，我又喊来了客房服务员和厨师。

那两个外国人跟我说阿尔巴尼亚语，可是，我的天哪，他们讲起话来压根就不像我们平常这样说话。我不知道该怎么解释，他们说话像是舌头被冻住了，就像嘴里含着冰块，我说的是真的。

我是宾馆经理，也接待过一些外国人，所以我见识过各种各样的口音。不是我夸张啊，真的是这样，因为我的工作性质，不管客人是意大利人，还是希腊人，或是斯拉夫人，我都不用看他们的护照就能一下说出他们的国籍。可这两个外国人，什么口音都说不上。说不上，那是完全不同的口音。也许，我自己也没弄明白。他们说的那种语言，是……我该怎么说呢……就像被冻住了似的。有点儿像我老妈——愿她的灵魂安息——几天前在梦里跟我说的话那样。我记得自己吓了一跳，对她说："我怎么得罪您啦，妈妈，您怎么对我这么说话？"请原谅我扯远了，我请你原谅……

后来怎么样？对不起，我差点忘了这事儿！噢，他们上楼进了我们安排的房间。我们根据您的指示，喷洒过三遍杀虫剂，哦，天哪！我得承认我们恐怕没能把虫子全都干掉。虫子会从另一扇门钻进房间，或者从门底下钻进去，要不就是从天花板上爬下来。不过这是另一个话题……我只是想说，在总督派人来送打桥牌的请帖之前，这两个外国人跟外界并未有过任何接触。

总督的问候信和桥牌请帖由本城检查员在晚上七时左右送达两位刚到的旅行者手中。检查员的说法跟宾馆经理的口径一致（他上楼去敲客人房门，告诉他们一位有身份的官员想邀请他们），检查员说这两个旅行者看到请帖感到很惊讶：不仅是因为没料到会有这样的事情，而且，他们似乎还觉得有些奇怪，倒不是说尴尬，他们过了一会儿才明白是怎么回事。检查员（当然还有宾馆经理）汇报说，他们观察两个外国人接到请帖的反应，尽量避免暴露什么，只是说明这是总督的善意问候。不过这种谨慎并不妨碍他俩在自己亲友面前说起这事儿，他们看到两个外国人几乎没有表现出急切或兴奋的样儿，他们看上去相当冷静，甚至可以说冷淡，他们听到“桥牌”这个词儿，似乎显得有些不耐烦。根据本城检查员的说法（当然宾馆经理也这么说）——这些情况通过总督自己的耳目很快传到了他耳朵里——两个外国人接受打桥牌的邀请，与其说是满心乐意，不如说是出于礼貌。说来也怪，总督知道这消息时居然丝毫没有被它激怒，在给内务部长的每周报告中反倒以满意的语气提到了这件事，强调的是目击证人的忠心耿耿与绝对可靠。

这时候，总督和往常的桥牌搭子们等待着与神秘的外国人一起玩桥牌，他对有些情况还是不摸底。他的桥牌搭子是邮政局长、地方法官，还有维纳斯制皂厂的老板拉罗克先生——这制皂厂是N城唯一的制造企业。当然，他即便知道什么，也不会在朋友们面前吐露一个字，更不会对他们的夫人说起，尤其是不能让自己的老婆戴茜知道，因为对她来说，这两个旅行者的到来是这个季节最让人欢愉的事儿。

戴茜穿着通体沙沙作响的天蓝色薄纱裙子，也许是因为脸颊上抹了红红的胭脂，或是眼睑下方描了黑眼圈的缘故，看上去似乎有些恍恍惚惚的样子，好像是带有几分醉意。她在客厅和摆放桥牌桌的房间之间来回走动，那边桥牌桌已经布置好了，耳边捕捉到那些只言片语的谈话在她听来大多是那么乏味那么不顺耳。他们正在谈论可能随时到来的外国人，猜测他们为什么要选择这个地方落脚。戴茜发现有些说法相当令人讨厌。万一他们不来N城呢？万一他们去了别的地方呢？这些想法对她来说太糟糕了，哪怕有一丁点的可能性都让她觉得可怕，没准就把整个事儿给搅黄了（尽管现在奇迹已经发生）。她几乎到了这样的程度，就怕听见两个外国人突然彼此问道："唉，说真的，我们干吗就认准了N城？难道不能找个别的更容易办事的城市？"

"这真是相当不同寻常，"拉罗克先生说，"是啊，真的很奇怪，他们选在这儿落脚。你得承认这是个被上帝遗弃的破地儿，前往其他地区的交通也很不方便。这儿没有什么历史遗址，也不是战略要地，就像人们说的。这地方在哪方面都不上名堂。而且，更糟糕的是，这地方还死死地嵌在大山脚下。"

"好像他们离开美国之前就盯上这个区域了，"邮政局长很有把握地说，"有人报告，他们在都拉斯①一下船就从提包里拿出地图，跟人说'我们要去这个地方'。"

他们这样聊着，不时将眼睛瞟向总督，却只见他嘴角挂着淡然的微笑（上帝啊，你是如何让自己在众人面前将这微笑保持几小时之久？），他脸上挂着傍晚的微笑，假装没听见他们的谈话。事实上他内心也在猜测，那两个外国人为什么要选择N城这一带

① 都拉斯：阿尔巴尼亚西部港口城市，濒临亚得里亚海。

从事他们那些令人费解的名堂。在某些时刻他凭直觉知道自己会有麻烦；有时感觉是另一回事，事情却偏偏有利于自己。当他情绪低落的时候，他会想象着有人巴不得他施展出见不得人的手段把那两个讨厌的爱尔兰人打发走。同样，尽管他们可能是狡猾的狐狸，今天晚上，就在他们住下的第一个晚上，至少会显露出一些他们的打算。在回复内务部长的机密函件的那封信中，他的意见跟部长一样，至关重要的是要搞清楚两个旅行者的底细。是的，确实如此，总督叹了口气，这个国家比一口深不见底的深井还要深。正当他寻思着什么时候才能把整个事情理出个头绪时，门铃响了。听见铃声，在座每个人都像是被通了电。他们大多数人转过身来朝向他，好像在等他吩咐该怎么做，其他几个人将手里的波特酒杯搁到桌上或是大理石壁炉台上。只有戴茜激动得不知所措，她呆呆地站了一会儿，眼睛直愣愣地盯着地板。

这当儿，女仆打开了房门，每个人都听见他们上楼来的第一声脚步——那声音在总督的感觉中像是木头腿磕出的声响（也许是因为他从那份报告中获得某种暗示，其中提到他们的阿尔巴尼亚语有多么僵硬，也许他们走路真的就是这种声音）。就在这一瞬间，他从侧面扫了一眼他的妻子，注意到她露出一副急不可耐的样子。她头上绾了一个高高的假发髻，却有几绺金发飘散在光滑的脖颈上，更增添了她那种优雅气质。总督内心与其说是满意，不如说是惊讶，看着她这样儿，他奇怪自己居然没有感到一丝妒忌。

戴茜甚至毫不掩饰自己的情感，两位客人跟在女仆身后走上楼梯时，她的眼睛一直盯在他们身上，女仆朝客人转过半个身子，引领他们进入室内。他们的模样和她原先想象中的完全不同。两人的头发都不是淡黑色，既不柔软，也不平顺。也没有一个是红头发或是毛发茂密的那种，就像马克斯·罗斯在她想象中的那样；恰恰相反，马克斯长着稀薄的金发。至于另一个人，他有一张结实而精力充沛的脸庞，发色稍黑，却也不那么醒目，还剪得很短，就像是拳击手的那种短发。他不可能是比尔，但在另一方面，从他那种谦恭得像是驯养的刺猬似的外表来看，他也不可能是马克斯·罗斯！她差点就要发出一声长叹：他们跟她想象的迥然相异，不过幸运的是，谢天谢地，他们都是年轻人。

轮到她伸手去跟两人握手，让她大吃一惊的是，眼前这个蓝眼睛、金头发的年轻人，握住她的手，用一种过时的阿尔巴尼亚语说：

“美丽的夫人，我向您鞠躬致意，您忠诚的仆人比尔·诺顿……”

“叫我戴茜。”她回答。

几天前在浴缸里的那些臆想，妇产科医生将使自己声名狼藉的推测，林林总总愚蠢至极的念头，一下子涌入心里，让她羞惭得脸都红了。

原来这就是那个叫比尔的人，一圈人依次介绍之后她想到。她期待中的形象当然不是这个样子，但也不能说这让她有多大失望。这么说就不太公正了，尤其是她想象中学者可能会是什么样子——笨手笨脚的老派人士，穿着拖鞋戴着滑稽的睡帽就能上床。有那么一会儿，她所有的感觉都失衡了……她本该把同样的注意力留给另外一个，马克斯·罗斯，可是尽管他是深色头发而他的同伴是金发，她感觉自己更倾心于后者，就是那个叫比尔的。那无疑跟他对不上号，可是确实具有她所青睐的另外那些特征。也许是一种绅士范儿，不过他显得相当矜持，就像是故意装出来的，还有他说话的腔调，那套言辞似乎是石块垒起来的，而且向周围投下寒冷的阴影。戴茜不能承受失望。不管怎么说，两个人都是一样的英俊，她自我安慰地想着，再说，两个人都年纪轻轻，甚至比她想象的还要年轻。至于语言嘛，虽说这两人说的是一口过时的阿尔巴尼亚语，但他们那英语口头禅听上去就棒极了。Darling（**亲爱的**）……My dear（**我亲爱的**）……

她突然想到，如果能有一个不眠之夜，她的失眠不会是由于如其所愿被二者之中某个人所吸引，也不是因为陷入幻想破灭的痛苦，却是另有原委，因为她得努力去接受两个来访者实际的样子。在那整个夜晚，也许会有更多的夜晚，为了接受爱尔兰人的真实状态，她得将想象中的他们做出必要的调整。

这时候大家互相介绍已经结束，两个外国人觉出自己在这社交场合似乎显得过于唐突而越发感到尴尬。他们又朝大伙端起笑脸，甚至对每一个人报以微笑，直到总督出来说话，才给大家解了围，他问道：

“先生们，你们想要喝点什么？”

想要喝点什么，给了造访者可以选择的机会，这使场面上一本正经的气氛多少松弛下来。大家本来以为两个外国人会是品赏美酒的行家。说来奇怪，他们压根一窍不通。也许经常出入牌局的人还注意到两位客人的穿着也相当令人吃惊。那就是，这么说吧，完全就是日常便服，可以说也太随便了。所有这一切倒给总督提供了说辞：

“听说你们要来到我们这个美丽的城市，我就在想，他们现在离乡背井，来到一个陌生的国度，又是边远地区，一定会感到很孤独。我说得对吗？所以我就想到，你们也许喜欢玩玩桥牌，这样也能让你们在旅途中聊以慰藉……”

总督说得很慢，要让客人听懂他说的每一个词，只见两个外国人在那儿频频点头。

“非常感谢您，尊敬的先生。”留着平头的爱尔兰人说，“阿尔巴尼亚人素来以热情好客著称。”

“你们要在这儿待上一段时间吗？”拉罗克先生问。

“窃以为①，我们可能会住上相当长一段时间。”

“我们很高兴你们能来。”总督回答。

“谢谢，尊敬的先生。”

---

① 原文是 Methinks，系古英语词，有如古汉语“窃以为”之类。这是仿拟过时的阿尔巴尼亚语的表达。

从他们谈话的语调中，戴茜发觉自己听出了某种熟悉的东西……那是在女子学校班上用古代阿尔巴尼亚语吟诗作赋的调调。可她觉得很难进入他们的谈话。

“你们的事情我有所耳闻，你们是打算研究我们的民间文化？”总督问起。

客人中的一位扬了扬眉毛，一时支吾不语，总督随即把视线转向治安法官，这是唯一跟他一样对此抱有疑心的人。

“我该怎么说呢，确切地说，说实在的……或许可以说是另外一种工作。”旁边那位叫作比尔·诺顿的回答说。

“对不起，不过我还是不太明白。”

另一位外国人又皱一下眉头。“我们此行的目的，是要费点力气去收集你们的古代歌谣，”他解释说，“也可能……”

“黎明之光从她斜倚的卧榻上升起……”戴茜背诵起来，这是她读过的那些史诗选集中某一册开卷的首句。她从两位造访者的语调中听出的就是这种韵律。

“……抑或跟某些诗人有着很深的渊源，”比尔接着说，“我们的意思是指荷马。”

“祝你们健康!”邮政局长的老婆说，一边举起手里的波特酒杯。

虽然她脸上抹着厚厚的脂粉，却也掩饰不住她对这些提问和回答的不耐烦，她巴不得赶快结束这样的谈话，向两个外国人打听更多有趣的事情。戴茜刚刚说起他们随身带来最新款的留声机。

那么，从纽约到加利福尼亚，最近人们都跳什么舞呢？

“你提到的荷马？”总督继续他的话题，“好像在我记忆中，不就是那个瞎眼的古希腊诗人？”

“就是他！”比尔用英语喊了起来，这让戴茜芳心大快。她带着得意的神情转向室内另一个女人，好像在说：现在你可以看出人家是货真价实的老外了吧，人家就是这样用英语说话来着！

“荷马，真有此人？三千年来就一直有争议，是只有一个荷马还是有好几个荷马……”

拉罗克先生，就是那位工厂主，抻了抻自己的领带结，咧着大嘴漾开笑容，迟疑地插了一嘴：

“对不起，先生们。在这个边远之地，我们可没有多少饱学之士，比如我自己，就像我刚才向你们介绍的那样，我是做肥皂的——维纳斯肥皂，女士们洗浴的香皂……哈，哈，这类事儿是我最拿手的。可是说到那些深刻的哲学问题，说到荷马、威尔第什么的，或是你们在说的那些东西，我就一头雾水了，所以请原谅我的无知。不过请告诉我：荷马跟你们在阿尔巴尼亚这趟令人瞩目的旅行有什么关系？如果我没弄错的话，荷马生活在四千或五千年之前，隔着现在相当遥远，不是吗？”

邮政局长的老婆在那儿大声叹气，毫不掩饰自己的愠意。戴茜已经告诉过她，拉罗克先生的脑子还不比他的肥皂块有用。

两个外国人相视一笑。在总督看来那微笑很有深意。

“尊敬的先生，确切地说，是在大约三千年前。”其中一个说，

“是离我们现在很远。但无论如何二者之间是有联系的。”

他们脸上又露出难以捉摸的微笑，总督认为那笑容意味深长。噢，现在他们公然拿我们取笑了，他想。他们绝对是在拿我们取笑。谁会相信他们真的是想在这个小城寻找跟荷马那位神秘诗人的什么关系。他们要来这儿，难道就编不出一个更像样的理由？可即便编造一个更好的理由似乎也不用费多大劲儿。他们肯定是这么想，跟这种外省的、生活在穷乡僻壤的乡巴佬无须多费口舌……哈！让我们看看谁能笑到最后！你们二位也许见多识广，总督一边保持着一成不变的微笑，一边不断地想着，你们也许见过摩天大楼和那样一些高级玩意儿，可你们从来没见识过杜尔·巴克萨贾。当他踩住你们的尾巴，他就会像水蛭一样叮住不放，不管你们在什么地方——在摩天大楼顶上，还是在十八层地狱之下！

想到杜尔，他心里平静了片刻。接着他的思绪又回到内务部长的信上，或者更确切地说，回到了日后他们被“逮个**现行**”那句话上，部长说：“逮住后你的使命就算完成了，剩下就是我的事了。”说实话，总督对于“逮个**现行**”的实际含义还是不甚了了。部长的书信似乎仓促而就，甚至流露出急不可耐的意态，从这一点看，他给出的指示其实相当怪异，要好好款待这两个外国人，“甚至在他们被逮住后”，“要像之前一样款待他们，但要让他们明白，他们是在现场作案时被逮的，所以无论如何是洗脱不了的”。

这会儿在他萦绕于两个外国人的思绪中，部长的信甚至比刚读到时更加显得怪诞。如果不是部长反复强调整个事情的重要意义（重要到一个外省官员无法想象的地步），他都觉得这就像是一场游戏。

做尽手脚却不能穿帮露馅，总督看了一下手表。这会儿皮杰特·普瑞纽斯应该已经撬开他们的手提箱，而且把里面成沓的钞票和文件拿出来拍摄了。然后，根据指令，他应该把那些看上去最有意思的文件翻译出来，以便在天亮之前送到上峰的办公桌上。

此时此刻，总督心头踌躇满志，神态放松地朝着每个人做着笑脸，包括他平日不屑一顾的那些人。皮杰特·普瑞纽斯这会儿肯定跑到了那个古怪的小木屋，那儿前门招牌上用手写体写着“卢克斯摄影”的蓝色字样，被痔疮折磨得直不起腰的照相馆老板，心惊胆战地在里面等着。看见要他拍摄的那些用英文书写的文件，他就该停止战栗。平日拍摄尸体，拍摄作为赃物的镯子，尤其是拍摄裸体女人，他浑身都会哆嗦个不停。

总督这会儿显得很放松。想到自己最好的两条警犬正在外面行动，冒着寒冷在湿漉漉的暗夜中奔波，这让他尤为心满意足。他知道，别人都很妒忌他手下这对被称作“耳目”的完美的双人组，至于他自己，那是肯定更偏爱杜尔。每当他俩之间出现对立，或是因为小争执，或是由于分配不均，他表面上一碗水端平，大体上还是偏向杜尔。

我们还是一个欠发达国家——他有一搭没一搭地陷入遐思冥想——在任何一个相同类型的国家里，由于知识并不受到高度重视，眼睛的功能并不占绝对优势。这里大部分人都是文盲，就算那些稍稍懂得阅读和书写的人，也并不怎么喜欢这档子事情。所以几乎没人写回忆录，没有人坚持记日记，或是经常给人写信。甚至就连遗嘱，这里的人也很难想象要写成文字，签上姓名，封存起来，这里的人立遗嘱都是嘴上那么一说。你知道他们用什么代替首字母和印章吗？用诅咒！“你要是不按照我的心意办，那就咒你今生今世搭上下辈子都过不上一天好日子！”“咒你变成一棵树！”“咒你死后不得下葬！”诸如此类，等等。

这就是他想说的关于眼睛的论点，可是说到耳朵的问题，他的调子就完全变过来了。啊，耳朵，先生们，那完全是截然不同的另一回事！耳朵永远不会闲着，因为人们总是要说话，总会在那儿嘀嘀咕咕；那些言语，尤其是自言自语，你们全都明白，通常总是比能够看见的事物更危险。至少——他想加上这样一句——在我们国家是这样。如果总督身处一个同心同德的团体，或是足以信赖的朋友之中，他可能会原谅自己仅有的一次智力上的失败。那次当然是由于“眼睛”的失败：一个外省的风流浪荡子写信给地拉那[①]一个叫露露的婊子（通信自然受到检查，因为国王跟那个婊子在公开调情），他从信上读出“组织”和“秘密”的暗语（“我发誓，我真的以为自己破译了这些字眼，露露的肚皮，她的三角地带，她两腿之间的暗示，就像藏在草丛里的两只野

① 地拉那：阿尔巴尼亚首都。

兔！”），其实，信上写的明明是“高潮”和“分泌物”！[①] 我的老天哪！现在一想起那场灾难，他就脸红得像甜菜根似的……

拉罗克先生与客人仍在进一步交换意见，总督听了一会儿才从中理出谈话的头绪。

“尊敬的先生，确切地说，两者之间无疑有着可靠的关联。”那位金发的爱尔兰人说，“可是这会儿太晚了，今天晚上恐怕没有时间做详尽说明了。”

“另外再找时间探讨，不碍事的。”另一位爱尔兰人说，口气里带着一种古怪的腔调，“我们实在疲惫，因为旅途劳顿……”

有人提议玩一局桥牌，可是两个外国人都摇头。他们一个劲儿地解释由于长途旅行已是身心俱疲，而最让大家吃惊的是，他们居然不会玩桥牌！这也太离谱了！

打桥牌的主意被否决之后，女士们接过与客人的交谈。到这时候，话最多的就是邮政局长的老婆，至于拉罗克太太，那个肥皂制造商的配偶，只能在底下窃窃私语，一边带着屈尊俯就的神气，一边还透露着不屑的眼神。

“看见我们的闺蜜在老外面前迫不及待地显摆自己的气质和魅力，想引诱那两个年轻人，我简直惊呆了。”拉罗克太太悄声对戴茜说，后者突然转身朝壁炉那边走去，对着炉火掩饰自己的脸红。

---

① 高潮（orgasm）/ 组织（organization），秘密（secret）/ 分泌物（secretions），两组英文单词字形相近。

在炉边转悠了一会儿再转回拉罗克太太这边，这样自己脸颊通红就好解释了。“我觉得这种对艳遇的渴求相当令人讨厌。”

戴茜心不在焉地笑笑。她意识到拉罗克太太是因为没法施展她的意大利语而心生恼恨，不过至少得让治安法官那个懒婆娘有点儿沾沾自喜的满足。她这会儿正在询问两个造访者：

“你们要在环球宾馆长住吗？”

“非也[①]，太太。”两人异口同声地回答。

治安法官酸溜溜地微笑了一下。

“你们还能指望住到哪儿？环球宾馆是我们城里最体面的宾馆了。”

“不想住在城里，”比尔说，“我们就要迁出去了。”

“什么？”戴茜喊了起来，好像她内心有什么东西突然迸发了。她刚才一直避免直视客人的眼睛，似乎这样可以将生命的火焰延后燃烧，可是这会儿她马上目光笔直地盯住那个客人——居然出语如此冷酷。戴茜灼热的目光既带有责备又不乏迷人的意味，这目光应该会让对方马上改变退席的想法，可是那个外国人仅仅重复了自己无情的要求。

总督刚才离开了片刻，可他一回来耳朵里就听见在谈论客人们住宿的事儿。说真的，他听到的话是有些奇怪。两个外国人相当坦然地解释说，尽管这聚会现场让人感到愉快，不过他们无意

---

① 原文是古英语 nay 一词，这是仿拟过时的阿尔巴尼亚语的说法。

在城里待下去了。不，他们不会去其他城镇，当然也不会去其他任何地区；他们要留在这一带，这是肯定的，但不是在 N 城，不管怎么说，他们尽可能不住在城里。他们要住到远离其他民居的路边客栈里，找一处僻静的旅店，或者，更确切地说，最好是靠近主道路口的长途客车站。如果天气还不是太冷，他们会去高原地区做自己的研究，但现在山里积雪很厚，他们不得不先在山脚下安营扎寨，就贴着那条老公路，如他们所说，那儿是流浪歌手通常出没的地区之一。事实上，他们脑子里已经想好住什么样的旅店，离这里倒不是太远。

“哈！你们说的是十字客栈吧。”肥皂制造商插进来说，“那家客栈就在公路旁边，大约在斯库台[①]到地拉那的公路的半道上。”

“非也，先生，”马克斯·罗斯回答，“那家旅店叫野牛骨客栈，简称野牛客栈。”

“噢，”邮政局长说，“可是那家旅店很老了，那里面什么设施都没有，甚至电报也要四天以后才能送到那儿。”

两个爱尔兰人露出绅士般的微笑。

“我们是在地图上找到这家旅店的，”比尔说，“对于我们的工作来说，那地方最合适。”

“这不明摆着嘛！”总督暗自心想，“再也找不到比那儿更适合你们从事秘密活动的地方了。”

---

① 斯库台：阿尔巴尼亚西北部城市，斯库台州首府。

“这么说来，你们随身带了地图？”他提高嗓音问他们。

“是啊，带了一大批地图，所有与史诗有关的地区都标注出来了。”

好极了，总督心想。他们甚至都不再费心掩饰什么了。他试图问问他们什么叫与史诗有关的地区，却故意装作没有注意到那个词儿。

“对了，野牛客栈在哪儿？”戴茜悄声问邮政局长老婆。

“怎么说呢，我也记得不是很清楚。我只去过一次，和佩特罗一起去的，那个破烂地儿你一见了就直打哆嗦——就像一堆废墟。”

“除非是我搞错了，”总督插进来说，“那要不就是‘两个罗伯特’客栈，那是阿尔巴尼亚中部最古老的客栈，中世纪就有了。”

“离这儿很远吗？”

“不，也不算很远。我想，坐车一个小时吧。”

戴茜感到有些安慰。一小时的马车路程不会是世界尽头。

围绕两个外国人的谈话更活跃了。

“你们真的很让人惊讶。”拉罗克先生说，他朝他们仰起脸，在他们鼻子底下绽开笑容，“比如就说我自己吧，我是跟肥皂打交道的，我想我对这个范围内的方方面面还是有所了解的……噢，每天从早到晚，我们总有一些东西需要用肥皂洗涤，不是吗。结果呢，每当想到这一点，我就对自己说，肥皂是重要的，满世界都需要，似乎所有人都会这么想。因为事实上，你知道这不是开玩笑，这也跟我们的身体有关哪。有用来洗发的肥皂，有卫生间里用的肥皂，甭管好用还是不好用，除了香气不同，更别提质量问题或是缺陷，比如酸性过强，那就可能有点问题了，你们也许了解得很清楚，对于女士们的娇嫩肌肤来说，尤其是她们用来清洗私处……哈！所以无论如何，我可以想象，每个人对肥皂的联想都会跟我一样。但像你们二位这样的绅士，你们完全不是像我这样在肥皂块里谋求利益，倒情愿一路风尘来到这偏僻地方，住进那个猪圈似的客栈，想要发掘那些生活在一百万年之前的那个瞎子的什么事儿！这世界也真是太逗了！”

“真是没用的白痴。”总督暗自想道。两三年前，有一次在桥牌桌上发生了某场争吵，税务检查官叫拉罗克先生跳进自己的油脂桶里变成一块肥皂得了，他那话倒没说错。

戴茜在女仆的帮助下端来了咖啡。总督从杯里啜了一口咖啡之后，思绪转到了宾馆经理身上，他估摸着后者现在有充足的时间察看客人箱子里的全部物件。

两个外国人脸上明显露出疲倦的神态。邮政局长老婆脸上遮掩一时的脂粉也渐渐脱落，露出一脸皱褶（在 N 城这个小社会大家都知道这回事）。已经临近午夜了，尽管大家都竭力捂着嘴，忍住哈欠，但困意已经笼罩全场。

短暂的沉寂给了外国人告辞的机会。他们起身，站在那里鞠躬道别。于是，大家一边引领他们出门，一边询问是否还记得回宾馆的路，是否需要派人送他们回去。这时拉罗克先生自告奋勇表示他愿意陪他们走过去，此言一出，大家都发出啧啧的赞同声，却又带着些许的遗憾，虽然已是夜阑人静，谁也说不出到底有什么可以遗憾的，也说不上他们是不是跟肥皂扯上了关系。

很快，其余的客人也走了，房子里只剩下这对夫妇自己的脚步声。在夜晚神经绷紧的沉默中，这声音使两人彼此拉开了距离，虽说他们最后总归要睡到一张床上。在脱衣上床之前，戴茜尽可能把两个外国人（或者更确切地说，是其中的一个）撇出自己的意识，可是当卧室灯火熄灭，万籁俱静，窗棂在对面的婚床上投下隐隐的方格，终于，她好像找到一条通向自己内心深处的路径，她进入了一种纯粹自然状态，把全部心思都转到她刚才见到的那个男人身上，就像她做姑娘时曾经有过的那种情形。在那一刻，他会怎么做？

午夜时分，两个爱尔兰人回到他们住的宾馆，杜尔·巴克萨贾将这一情况写进了报告。根据指示，早在他们从总督府回来之前，他就钻进了阁楼，确切地说应该是十点三十分就到那儿了，他在外国人下榻的房间上面占好了位置，他先是仔细查看了天花板的状况（板条之间的缝隙不仅能让他听见下面在说什么，而且还能窥视一小块地方），还试了试是否结实，假如他不得不匍匐着身子从这儿爬到另一处，是否会发出吱嘎声，更重要的是，要确保不会突然踩塌一些朽烂的木条，从那窟窿里伸出一条腿去（时至今日，许多年过后，回想起那个夜晚他仍然惊恐万状，当时他在谢克杰齐兹家卧室顶棚上，那条右腿突然踏破天花板吊在屋内晃荡着，活像一盏超现实主义灯具装置，把那老太太吓得心脏病发作，提前给送进了坟墓）——所有这一切的危险因素都已排除，当然，剩下的只是横梁上那些讨厌的爬虫，还有另外一些怪怪的东西，为了执行最近颁发的反间谍人员管理条例（制定条例的旨意，首先是为了消除睡意，最重要的是不能在执行监视任务的过程中睡着），他随身携带了一小罐虫子，都撒在了自己身上。

如上所述，杜尔·巴克萨贾继续写道，两个外国人在午夜稍过回到了宾馆房间，他们开始来回走动，在走廊和浴室门之间走来走去，好像有什么烦心事儿，他们不时用自己的语言简短地交换意见，在场的观察者听不出其中的意思，并非是因为说话的两个嫌疑人中有一个在刷牙的缘故：就像总督所知道的那样，在场的观察者能够分辨任何状态下任何人的语词发音，不管他们嘴里含着牙刷还是烟斗，或是叼着香烟，甚至像玛丽亚·K那种状况，她在做爱过程中把那玩意儿塞进嘴里（请总督原谅以下的词句），那器官名称很难出现在这份报告里。凡此种种，在场的报告者都能够完美地捕捉说话人的全部言辞，而且，不管嫌疑人说话时是在嚼东西，或是嗓子疼，还是掉了三分之一的牙齿，所有类似这种情况，其难度无论到何种程度的对话——正如总督所说的——“帽檐儿”杜尔·巴克萨贾是整个王国北部地区独一无二的暗探，甚至病人中风倒地的昏话也能听懂。不，我重复一遍，如果他都不能听懂两位嫌疑人之间的谈话，那并不是因为大部分时间他们在刷牙（一边刷牙一边说话，持续了好长时间），而仅仅是因为谈话是用英语，带着方言习语，总督肯定知道得很清楚，这是侦探杜尔·巴克萨贾不熟悉的语言。

两个外国人刷完了牙，就打开衣箱，换上睡衣睡裤上床了。需要强调的是，他们睡觉之前在黑暗中说了更多的话。这一夜其他时间没有任何可以报告的内容。没有人来敲房门，我们的两个客人也没有打开过房门，两人中没有任何一位走近窗前，没有灯笼或打火机发出的信号，也没有其他种种类似情况。唯一值得汇报的细节是：他们其中一个睡着了，但据观察者直觉判断，另一个一直醒着，在床上翻来覆去，重重地叹气，在自己身上抓挠着。至于最后这个例外的细节，其原因不难猜到（尽管宾馆经理再三发誓说床上没有臭虫），但难以理解的是，为什么一个坏蛋能马上入睡，而另一个却始终醒着，而且很难明白后者为什么在床上扭来扭去还长吁短叹。侦探只想从个人长期工作经历中寻找相似的案例——换句话说，这儿总共有两个坏东西——这事情并非没有这样的可能，出于恐惧、怀疑和焦虑，甚至不妨考虑到背叛的因素，此人是要提防同伴在他入睡后行事。当然，也有可能是二者行为模式的差异。不过也可能是其他一些原因，譬如，其中一人也许怀有负罪感，诚如人所尽知，这就有可能影响此人的睡眠，而另一位，由于此人更缺乏道德感，所以他能睡得像个死人，除非有符合另一种方式的推测——那个真正的奸刁之徒，由于干惯了此类铤而走险的勾当，心肠变得很硬，所以他能安稳入睡，而另一个在这类事情上是新手，还不算那种双手沾满鲜血的冷血动物，无法平息自己内心的煎熬。这些更为深邃的研究也许并非侦探的任务，而总督对此也许自有高见，他的侦探为了最微不足道的动机，诸如名利心、升迁的欲望，或仅仅是一种虚荣，而完全超出自己的职责范围，但应该明白的是，此类推测不可能被证实，如果他把自己应予关注的题目扩大再扩大，去搞那些离题万里的研究，企图对付严格说来不属于自己职责范围的事情，那么他就并非出于上述任何一种动机，而是出于他的信念，只有当该说的都说了，该做的都做了，他对自己从事的工作才能更有成就感。在总督本人召集的全体侦探会议上，他不是这样说过吗，侦探并不仅仅要听命行事，作为一个活生生的人，国家的忠实仆人，不仅要享受正义，而且还有责任诠释自己在行动中的思路，在自己的工作中尽可能地发挥创造力和想象力，难道不是这样吗？

回到睡着的和睡不着的两个嫌疑人，侦探又补充说，其实际缘由很可能与上述猜测完全不同。最后，他这样简单地总结道，这两个人也许只是角色分工不同，一个人睡觉时，另一个为了安全起见而保持清醒。

不管怎样，侦探还提到了他们两人各自的床位，在报告中还把自己窥见的一些实景做了描述，这样，在宾馆经理的协助下，就很容易判断他们之中哪一个人整夜都没睡。

第三章

那个没睡着的是比尔·诺顿。其实平常他也总是睡不踏实，经过这一番旅途劳顿，再说已过了午夜，尤其聚会上喝了几杯酒，本想应该很快就能入睡。可是睡意就是不来。上床一个小时之后，他意识到今晚将难以入寐。臭虫、跳蚤的骚扰也让他不时从似睡非睡中惊醒过来。他想起宾馆经理所说的“我敢向你们保证，这儿肯定没有臭虫，昨天我刚在你们房间里喷洒了杀虫剂”，这当儿就闻着了一股消毒液的味儿。还有乘坐那辆可怕的长途巴士抵达N城时，大费周折地寻找行李员；还有他们一进入阿尔巴尼亚，在那间脏兮兮的海关办公室里的遭遇。然后，又是抛着媚眼的总督太太，尤其在他看来像这样不加掩饰的挑逗应该是古时候的风气。宾馆经理最后还信誓旦旦地说：“……除非那些臭虫跳蚤穿过横梁爬下来。”所有这些印象都重重叠叠地交织在一起，也就是说，形成了一种莫名其妙的焦虑，好像发现有人在用力推开你的房门时的惊恐感——所有这一切让他在床上彻夜辗转反侧。

两百码之外的地方，N城唯一的那个摄影师，在皮杰特·普瑞纽斯的配合下翻拍几小时前拿到的两个外国人的笔记本，他把每一页都拍了下来，这会儿正在侦探虎视眈眈的注视下洗印照片。皮杰特还在郁闷着，因为总督对他不那么信得过，总督最先是把监视外国人的任务交给杜尔·巴克萨贾的。“这下好了，现在你该相信我了吧，你这木头脑袋！”他满腹愠怒地自言自语，“难道你没想过，没有我你能办成事吗？好吧，你最后总算是脑瓜开窍了，不是吗，因为我们要对付的是有教养的家伙，他们那种人不会不经过思考就乱喷，倒是会把脑子里的想法写下来。是吧？”

洗印的照片还湿答答的，摊在那儿等着晾干，同时摄影师正在把最后一批底片从药水里捞上来。哈！他那么喜欢杜尔，尽管让他去操练他的耳朵，可是这些白纸黑字的照片才是外国佬脑子里在想的东西！

皮杰特·普瑞纽斯给摄影师递了支烟，自己也点上一支，他这张脸由于缺乏睡眠和健康欠佳显得憔悴而枯槁，这时摄影师从显影液中拿出最后一批照片。

侦探不时地看看手表，吼叫道：“快点！快点！”催着老头加快动作。

两点整，皮杰特·普瑞纽斯的马车从宾馆窗下轰隆隆地驶过，楼里比尔·诺顿正在床上翻来覆去地睡不着。皮杰特正赶着去找佐夫·安格杰利尼，那个修道士，N 城里只有他能将英语译成明白的阿尔巴尼亚语。

两点三十分整，佐夫修士在胸口画过十字，并祷告上帝饶恕他再一次犯罪之后，开始做起了翻译。

“噢，天哪！”比尔呻吟一声，把脑袋埋进了枕头。今夜并非他第一次失眠，远远不是，但这回跟以前的情形完全不同。他感觉越来越压抑，瞟见手表上的夜光指针也让他浑身打战，好像手表上发出的是一种致命的光线。

六点三十分，马车再一次轰隆隆地从他窗下驶过。比尔这会儿已经疲惫不堪，所有储存的精力全都耗尽了。

“哎哟，他们来了！”总督嘟囔了一声，仍然处于半睡半醒的状态，可他听到马车来到自家门前就醒了。

为避免惊动妻子，他小心翼翼地从床上下来，很快就下楼去了。

一脸怨气的皮杰特·普瑞纽斯递给他一个大信封。

“干得不错，伙计！”总督说话时都没朝侦探看一眼，“现在你可以去睡了。”

总督回屋，随即进了自己的书房，抽出翻译文件，上面附有一张便条：“谨呈上您所需要的文件。皮·普。”

总督由衷地叹了口气。噢，什么都比不上杜尔的报告！读什么也不如读杜尔的报告更让总督开心的了，甚至——尽管承认这一点让他觉得有些羞赧——爱情小说也不如杜尔的报告有趣。

“终于来了！”他揭开盖住修道士优雅笔迹的封套。“现在，让我们来看看那些疯子的脑瓜里都在想些什么。”他补充说，这时心脏却感到一阵剧痛。这疼痛伴随着一种莫名的内疚感，因为他是从另一个人手里，而不是从杜尔·巴克萨贾手里接过调查文件的。

“终于来了！”他又说了一遍，一面坐下来看文件。

过了一会儿，总督抬起头揉揉眼睛。他向来不喜欢阅读书籍，但跟N城其他官员有所不同，他有时也会看点书。有人嚼舌头说他看书只是为了讨好他的妻子，但他一点都不在意。他们一起厮守的那些沉闷的长夜，婚姻中那种紧张关系投射的阴影远比撕破脸皮的吵闹更为可怕，为了缓解气氛，那种时候他所做的并不是悄声细语地去安抚戴茜，也不是向她保证带她去一趟地拉那，或是像人家的丈夫那样跟她温存一番，他只是拿起她床头柜上搁置多时的那本书，翻开来阅读。然后，他就会察觉妻子的眼睛在看着他，最初是留意地观察，接着流露同情的目光，似乎觉得让他这样自我抑制完全是因为她的缘故，于是不禁带有几分歉意。接着，她会在卧室和卫生间之间频繁地走动，丝绸衣服窸窸窣窣的声音越来越急促，然后，再过片刻，她会踮起脚尖在他前额印下一吻。这是他们两人最甜蜜的时刻，尤其是当戴茜伸出优美纤细的手指合上书本，取下他的眼镜的时候。

就这样，长期以来，在他的意识和感觉中，阅读总是与脂粉气息联系在一起，现在，缺少了这样的激励，阅读这种文牍让他感到双倍的厌倦。

当然还有别的原因，面对这样的东西，阅读似乎变得有些难以忍受。他曾急不可耐地想看到这些材料，几乎担心出什么纰漏，但一看之下他却大失所望。这上面的文字晦涩难懂，如读天书，而且——这是主要原因——令人怀疑其中另有深意。

这些文字大部分是用记事笔墨写成的日记，基本上是一些零散的短札。有些地方写到学习阿尔巴尼亚语的快捷方式。其中还经常提到要对什么事情保守秘密。不时还冒出几句忧虑不安的文字。“我们必须加快速度，否则就来不及了。”

他们为什么要加快速度？他们有什么事会来不及了？

总督跳过中间的文字直接翻到手稿最后部分，试图找出什么能够解释那些玄妙的说法，可是几乎逮不着什么思路，所有的暗示都掩埋在大堆枯燥乏味的段落之中，似乎是用这种方式隐藏他们的秘密。

怎么会是这样，他叹了口气，不管是喜欢还是不喜欢，这时他终于意识到，如果想要弄明白这墨迹中包藏的阴谋，只能把所有的文字都读过来。以下这些是比尔·诺顿写的。

> 我记得那个无聊的下午，当时我懒散地歪在沙发上，不知道该做些什么，于是就打开收音机。那些事情好像离我们很远，好像是另外一个世界。我收听的节目挺无聊——斯图尔特教授照本宣科地讲述荷马史诗，这样的争议已经有三百年了，A 版本这样说，B 版本那样说，然后又来一个 C 版本——噢，伙计，亲爱的！荷马到底是《伊里亚特》和《奥德赛》的作者，或只是做了编辑校订的工作，抑或更确切地说，是这些作品的总纂者……“当然，如果我们宁愿回到现代语言……”说着，说着，作为教授搭档的访谈者就咯咯地

笑了起来。无聊！我打算起身去关掉收音机，我甚至想，这样的节目也许只能给一帮会计师留下点印象，可就在那当儿，这位古典学者回答了访谈者一个岔开去的问题。这个神赐的横生枝节让我停下了拧收音机旋钮的手。“当今世界上是否还有这样的国家或地区，在那些地方也许仍然能够发掘出这样的史诗——提出这样的问题是不是太蠢了？”“噢，不，你的问题一点都不蠢。”教授回答，“恰恰相反，这是一个相当有意思的问题……”让我惊讶的是（如果不考虑会计师们的惊讶），古典学者解释说，这样的地区确实存在，只是那块地方并不很大，而且，那是如今世界上唯一仍然能够哺育出这种诗歌的地方。他确切地说出了那个地方：巴尔干半岛。更精确地说，是整个阿尔巴尼亚北部地区，不过还延伸到南斯拉夫西南部黑山和波斯尼亚的部分地区，在南斯拉夫边境之内。教授在节目中解释道：“那个地区在这方面是世界上独一无二的，仍然在产生着类似荷马史诗一类的诗歌素材。换句话，我可能得说，这是最后一座遗存的史诗铸造厂，是最后一个还能找到的实验室——如果我用现代语言来表达的话，那是仍然可以找回的……”

总督点点头。他想，那就让我们看看接下来是怎么说的。

接下来的章节描述了这个节目如何震惊了两个蠢货。在这里，他们第一次表露出他们担心来这儿是否“太晚了”。

世界上有像我这样的人不足为奇，一个单纯的博士后，和朋友马克斯·罗斯一起从爱尔兰来到纽约，希望（还远不能确定）能够在有关荷马的古老争议中增添一点新意，这会儿简直惊呆了。最后一座遗存的史诗铸造厂啊，我一直在对自己说。这当儿我相当迷惘，而且一直在想着这几个词，好像我的智力拒绝接受它们的意义。收音机里，那个声音还在喋喋不休地叙说，可我已经不再听了。“世界上最后一个还能找到的实验室。”最后我都喊出声了，好像这样就能把人从脑瓜发呆的状态中摇醒过来。那地方已经有被破坏的迹象了。必须赶快去发掘，否则就太晚了。赶在它成为废墟之前，赶在被埋葬在时间的沙漠底下之前，赶在它被遗忘之前。

我吃惊地发现自己在房间里来回不停地走动。我本该在安静的状态下把整个事情通盘思考一下，但现在根本不可能安静下来。仁慈的上帝啊，我们必须抓紧了！我想。我们必须尽快赶到那里。去发掘那个古老的实验室，那个有上千年历史的诗歌铸造场。就像拿起放大镜，凑近它去研究；去倾听，就像使用听诊器那样，沿着生成荷马史诗素材的路线，走向史诗精髓的发祥地，以我们以往的经验来看，解开荷马本人的奥秘应该不成问题。

慢点，嘘！我警告自己。千万别对任何人说，除了马克斯·罗斯……

“唯一的地区……”我一直在对自己说这句话。唯一仍在产生史诗式作品的地区。这个星球其他地方都已经过了更年期。唯一还能怀胎受孕的就是这儿。只有这儿仍然热力四射。只有这儿还能孕育出最新的史诗。如果我们再等下去，想干什么都太晚了。砂石和遗忘将把它完全覆盖。完全覆盖，彻底得连它自己都大惑不解……

“我们早就想到了。”总督一边自言自语，一边兴奋得用颤抖的手去摸香烟。“没错，我们早就想到了，你这骗子！”他嚷嚷道。

他需要几分钟时间集中一下思路再继续看下去。跟猜测的一样，其中一个傻瓜告诉了另一个傻瓜，他俩现在被他们自己的“发现”惊呆了……

……我们两人都为即将到来的奇遇而兴奋不已。这将震撼整个世界啊！然后人家就要恳请我们接受麻省理工学院的教席！我们将在世界地中海考古年会上宣读权威论文！在我们老家爱尔兰，人们会不相信地摇着脑袋。比尔·诺顿和马克斯·罗斯？你们肯定是把名字搞错了。肯定是另外两个人……

我们笑翻了。我们不妨再度想象这次发现的重要性。啊，赞美吧，哈佛愤怒的缪斯！还有国际荷马研究中心的权威们！“还有我那愚蠢的丈母娘黛安娜·斯特拉德福德！”马克斯还要加上这一句……

可我们已经笑够了。我们必须马上赶赴那些遥远的地方，马上去那儿，赶赴那些区域，去那个很快要终结的实验室。这就要发布新闻吗？不，相反：一切都要非常非常保密。我们得装着根本就没想过这事儿。现在要做的是马上出发，马上，立即。我们要去什么地方，不能告诉任何人。

我们又一遍一遍地推敲着自己这个绝佳的计划，这时候，马克斯凝目注视着我，停顿一下，然后平静地说："这是个好主意，但毫无疑问，无论如何，你不能在没有充分准备的情况下仓促行事……"

我们热乎乎的心坎里落下了第一滴冰冷的水珠。

"我们也早已掌握了这个情况。"总督一边喃喃低语，一边把烟灰弹到烟灰缸里，"好吧，让我们来瞧瞧狐狸会在哪里出没……"

他确信整个事情就是一桩阴谋，可是还需要再花点力气才能让一切真相大白。

……荷马是谁？一个盲诗人，就像受过教育的公众所想象的那样，他是一个编辑或校订者，甚至，如斯图尔特所称，是总纂者？古代诗歌《伊里亚特》和《奥德赛》是古希腊学院的 J. F. 荷马爵士编纂出版的——哈哈哈！

与此同时，我们的心已经飞往了巴尔干半岛。据斯图尔特说，那里仍然有游吟诗人活动的踪迹。当然，那些都是最后的游吟诗人，最后的荷马史诗吟诵者。我们应该去聆听他们吟咏歌谣，并进行录音。那些歌谣大多是纯洁无瑕的。但我们不会只录下不同歌手的吟唱，我们要把他们分别进行比较。而且要找出共同的特性：面对不同的游吟诗人，比较不同的版本。可是那样就够了吗？我们在笔记本上策划了两种工作方式，在策划的同时，我们意识到，前面等着我们的冒险行动可能远比最初想象的要复杂。

总督把已经读过的那些段落又重读一遍：充分准备……比较不同的版本……前面等着我们的冒险行动……

他想，好吧，让我们看看你们是从哪儿接受指示的。你们的大学——抑或有某个希腊间谍机构的办公室？

可他又一次失望了。能够坐实他的怀疑的那些微暗之光，渐渐隐没在大段的迷雾般的枯燥诗句中。

我们终于搞到一本近年出版的阿尔巴尼亚史诗，这本书收集得非常齐全。书中列有作品被人一再传唱的游吟歌手的名字。我们不妨出版另外一些吟诵者的歌谣选集。这样史诗就会呈现许许多多种面孔。就像一个人的灵魂通过轮回转世变出许多化身。

与其说我们的兴趣在于阿尔巴尼亚史诗本身，不如说更在于其生产过程（这里用了一条现代术语）。我们试图从普适性原理出发去接近这一目标：史诗产生所含有的意义，因而通过推论，以解答荷马的奥秘。

比较方法是我们工作的关键所在。不仅仅是对不同吟诵者的比较。最重要的比较，在于吟诵者对同一首歌谣的不同演绎。换句话说，他今天是这样吟唱这首歌谣，而明天可能又是另一种唱法。那么，一个月后，或是三个月后，又是怎么回事。

显然，这并非只是记忆问题，它也与口头诗歌的基本特征——遗忘机制有关。反复斟酌之下，这又不仅是一个遗忘的问题，而是一种更为复杂的情形。在这种状况下，可能会有无意识的记忆丧失，但与此同时，有意识的记忆丧失也会牵涉其中。同一首歌谣在记忆借故溜走时就产生了一种新的演绎。

吟诵者是史诗产生机制的主导。他是史诗的发布者、营销人以及合为一体的图书馆管理员，更重要的是：他死后作品被整理出版，他是联名著作人，他有能力，也有权利修改自己的文本。这完全合理合法，没有人可以质疑他的权利，也没有人去批评他，也许，除了他自己的良心。

以往的疑问似乎是如何从根本上解释史诗现象——也即，一个吟诵者能够熟记多少行歌谣（有人认为是六千行，也有人说八千行，甚至有说一万二千行的）——现在看来，这一疑问需要被另一个疑问所替代：一个吟诵者想要忘记多少行诗句？或者这么说：是否可能存在记忆不能被抹去的吟诵者？

我们必须承认这一点，我们对那个游吟诗人的世界仍然所知甚微。他们是怎样一类人？他们的天赋是从哪里获得的？公众承认他们的艺术吗？他们的声誉靠什么支撑？是什么原因让他们回归普通人的生活？他们之间的竞争是怎样进行的？在这个奇特的吟诵世界里，有什么不同的风格、流派或竞争？平庸者怎样被淘汰出局？评论标准是怎样建立的？

一旦到了那里，我们要找到所有这一切答案。如果运气还不错，我们将要努力进入那个世界，然后，我们要搞明白，源于古代的面团为何在持续发酵——就像它们一如既往的存在，就像在荷马时代。

总督刚打了个哈欠，突然掠过的一段话似乎给他带来几分文学性的感触：

这个星期是第二次了，我的眼睛又出了点问题。第一次，眼前似乎蒙了一层翳障。我觉得一定是由于阅读过量又不注意休息的缘故。今天这种情况又来了，不过跟上次有点不一样。感觉像是透过一块不断摇晃的碎玻璃窗在向外看。感觉这种颤抖对我的视网膜造成了很大伤害。后来，我的视线就模糊了好长时间。

我必须去看眼科医生。

一如往常，每当出现这种细节，总督就会感到像是嗅到了妻子的脂粉气息。他都能看见她光滑的肚皮上淅淅沥沥撒着的粉粒，就从阴毛开始的地方，可是对于肉体的欲望并未像平时那样使他呼吸放缓，反而让他的眼睛里充满了暴戾。

他抵拒着这些淫邪的绮念，费劲地打起精神，重新投入完全令人生厌的阅读之中。

德国学者提出了三个假设，他们率先开始研究希腊文化和阿尔巴尼亚传统的共同主题，从一个神话到另一个神话，研究其本事的迁移，其接续、转换过程，以及如何相互滋养。第一种意见认为史诗式诗歌创作过程在阿尔巴尼亚已经结束。第二种意见认为这种过程仍然存在。而第三种观点是上述二者的折中：尽管阿尔巴尼亚的史诗时代实际上已经结束，但这一过程的余烬犹在，尚能迸发出最后的火星。那些德国学者的观点是这样的，即便这一过程已经灭绝，不可能产生新的史诗，铸造厂本身已被废弃，而事实上却依然存在。

所以我们必须抓紧。在余烬变冷之前赶快动手！要赶在铸造厂毁掉之前！

“在余烬变冷之前……”总督重复了一遍。在他满脑子探究秘事的意识中，“余烬”唤起了**蛰伏者**[①]的形象，很早以前执法官就会安插这种角色，后来是女修道院，再是老练的阴谋家们，然后，他的思绪突然掉转了方向，回到了他妻子的性器官上。

“就在这儿打住！”他在心里叱责自己，又低头去看文件。他要强迫自己读下去，就算眼前都是一些象形文字也得读下去。

有多少活生生的素材？或者，更实际的说法是，那些毫无生气的原始素材，通常在多大程度上能够通过艺术转化而进入史诗情境？

这是另外一回事了，它就像遗忘问题一样令人着迷。

德国人说得很肯定，你仍然能够发现阿尔巴尼亚的游吟诗人在把当代事件转化为史诗（他们能够将现代生活荷马化）。如果真能亲眼看见奇迹在跟前发生，那真是不可思议的好运气。

每当转换的问题浮现在脑际，我就会想到都柏林郊区那家废弃已久的制革厂，那儿离我住的地方不远。我就是以制革厂的情形来想象古代荷马史诗的工作坊。

当某一事物进入那些古老的轧辊、传输带，混合着神秘和不祥的汁液流入沉淀池，那会发生什么变化？那些游吟诗

① 蛰伏者：原文是 sleepers，喻指长期不活动的潜伏特工。

人的肺叶、脑髓，他们的幻觉和热情，甚至他们的遗传特征，会对这一过程产生何种影响？

所有这一切很像是一种防腐处理过程。但又不是在处理尸体，而是面对一种生命片段，面对某个事件——通常是令人不快的感觉。

本质上，史诗的诗章本身，从整体来看，不过是一间停尸房。如果说史诗一直处于低温之中，确切地说是比低温还要更冷一些，这倒并非巧合。这种气温总是在摄氏零度以下。而且，那种俗套的句式会一再重现，就像一种叠句：阳光明亮地闪耀着，却几乎没有暖意……

总督把刚才那一段又重读一遍，然后在页面中间的句子上涂了下划线：**神秘和不祥的汁液**，这工夫他试图把戴茜从脑子里抹掉。但他实在做不到，因为那些像小说一样的词句，又一次在眼前呈现……

我睡不着。城市闪烁的灯光扫过玻璃窗。随着那些灯光一下接一下地闪过去，我觉得自己好像飘浮在银河之中。

外面的广告牌，一个是番茄酱，一个是维生素，说是对眼睛有好处。我的眼科医生给我开了维生素。

我想象着我们两个的名字，比尔·诺顿，马克斯·罗斯，和荷马的名字排在一起（仁慈的上帝啊，就像两个助手，在帮助一个盲诗人穿过街道!）置于报纸头条标题，在新闻报道中格外耀眼。

“好啊，你们也瞎了算了，甚至，你俩会比你们的偶像瞎得更厉害!”总督嚷嚷起来，很高兴自己像以往一样，骂出来以后心里一阵轻松。

“现在……”稍过片刻，他瞄到了“快乐的日子”这句话，说，“让我们来看看是什么让两只小破鸟这么快乐。”

噢，快乐的日子！惊喜的日子。而且运气真好。

我马上就相信这是神意的干预。“磁性”（magnês）和“声音”（phônê）这两个似乎来自古代的神奇词素，正好就构成了那台机器的原词，这不可能是巧合。

给这一天带来奇迹，也给我们即将到来的朝圣之旅，以及我们整个事业带来好运的，就是这个带有磁性和声音的词：磁带录音机（magnetophone），而制造商则简单称之为带式录音机（tape recorder）。

这机器能够记录人的语音。你可以随身携带，无论去哪里。不仅可录音，也可以回放，你可以想怎么放就怎么放……这正是我们所需要的！就像来自上天的礼物！上帝送给了我们！来自奥林匹斯山！

唔……总督憋住咳嗽。原来他们的机器只能做这个……他之前一直想象着各种玩意儿：一架电子摄影机，一台油田探测仪，一颗用来炸毁国会的炸弹……

注意啦！当他的目光落到国王名字上的时候，他警告自己：

我们还需要更深入地了解阿尔巴尼亚。这个有着古老居民的小国家。有着悲剧历史，起初是一个欧洲国家。后来被亚洲人占领。二十世纪回归欧洲。有半数阿尔巴尼亚人生活在其疆域之外。在我们看来，除了构成其主要财富的史诗传统，这个国家还有铬矿和石油。它有一个国王——索古[①]，这个名字的含义是“鸟”。鸟国王一世……

我还要去看一次眼科医生，再拿一些配方药。

马克斯妻子那边有些牵扯。

我们想把钱凑齐，以便尽快购置录音机。

根据这个机器的功用，我们调整了所有的计划。说也奇怪，将录音机引入我们的工作一点问题也没有。这个设备如此完美地充实了我们的计划，就像一开始我们就想好要有这玩意儿似的。似乎冥冥之中它自己就蹦出来了……

---

① 索古（1895—1961）：曾于1925年当选为阿尔巴尼亚总统，1928年自立为国王，称索古一世。1939年意大利军队入侵阿尔巴尼亚后，流亡英国，后卒于法国巴黎。

总督跳过看上去更枯燥乏味的几页，他的眼皮子都快要打架了，可是，当他的目光偶然触及“特工”“间谍”这几个词，不由得吃了一惊，坐直了身子。

“我的小朋友们，你们离危险越来越近了。”他咕哝着，伸手去摸香烟，“你们正往套索里钻。”

他继续往下读，一再自言自语地念叨这几句话，但他完全不知道驻华盛顿的阿尔巴尼亚使馆下了什么“套索”，也不知道阿尔巴尼亚国内的“套索”是怎么回事。

我们从华盛顿回来了，去那儿是向阿尔巴尼亚公使馆递交我们的签证申请。阿尔巴尼亚公使馆接待我们的态度相当令人失望，我无法掩饰这个事实。毫无热情不说，那儿还笼罩着一种怀疑和不信任的气氛。

全权公使亲自来见我们，简直让我们吃惊得说不出话来。这个既有几分古旧又有几分怪诞的小君主国的使节，其实是一位睿智、灵活、机敏的人物，对世界文学的熟悉程度令人惊异，他会说所有的欧洲主要语言（包括瑞典语）。他甚至是法国诗人阿波利奈尔的朋友和庇护人，什么事情到他嘴里都像是在取笑，尤其是说到他自己的国家和人民。我们提到访问阿尔巴尼亚的目的，尽管竭力含糊其词，还是情不自禁地提到荷马的名字——这位外交官插话说：

“有人说《伊里亚特》第一行诗‘Mênin aeidé, thea,

Pêlêiadéô Achilêos'（唱吧，女神，唱出珀琉斯的儿子，阿喀琉斯的愤怒）中的Mênin这个单词，就像你们自己所看见的，是一个阿尔巴尼亚语词meni，你们知道吗，那意思是'怨愤'？这意味着最初的世界文学，最早出现的那三四个单词，是用阿尔巴尼亚语书写的不幸与苦涩……哈，哈！"

然后，他继续用这种插入反讽的语气谈论阿尔巴尼亚，后来马克斯忍不住对他说：

"阁下，我发现很难弄明白您说的哪句是正经话，哪句在开玩笑。比如说，您谈到meni这个单词，您在荷马史诗里发现了这一点——这是一种博学的证明，还是……"

外交官闪烁的目光令人生畏，交织着睿智、嘲讽、痛苦和怨恨。

"只要涉及这个词的用法，我相信，我告诉你们的是不会错的，但是……"

他沉默了，沉下脸来，只有眼角还留着幽默的神情，他瞳仁里闪出凶狠的光芒。说过"但是"以后，他停顿了好长时间，这沉默变得更具威胁，马克斯受不了这样断断续续的谈话，不得不第二次插话：

"但是什么，阁下？"

"但是，"——外交官终于转回来了——"今天的阿尔巴尼亚，也许和你们想象中的完全不是一回事儿。"

"我们根本就没有想象什么，"我回答，"到目前为止，您是我们见到的第一位阿尔巴尼亚人，我不想隐瞒这个事实，是这样，我们完全被折服了。”

外交官又开始笑了，这时，在场的那位领事（他自始至终没有说过一句话），用一种显而易见的怀疑目光盯着我们看。他在一旁注视着马克斯从手提箱里拿出地图给公使看，这当儿我突然想到：天哪，是这么回事儿——这位领事把我们当成间谍了！

“那个领事以为我们是秘密特工。”我们离开公使馆时，我对马克斯说。“我也意识到了。”他回答，“不过你觉得公使这人怎么样？”

“太神了！”

“太神？”马克斯说，“这是低估……”

笔记就到这里结束。总督揉了揉眼睛。有趣的事儿，他想。他脑子里一片空白。

有什么东西把他的注意力引向了窗边。是一阵一阵的风裹挟着雨点敲打着窗子。在这样的黎明，这样恶劣的时辰，冒出的思绪会给你带来阴郁，就像下周需要偿还的债务，或是尚未跟任何人说起的对患癌症的恐惧。

“‘领事以为我们是秘密特工。’我对马克斯说……”总督一遍遍地读着这个句子，一边摇着头。“好一个骗子！”他心想，“他们以为甩下‘特工’‘间谍’这样几个词就能掩盖自己的蛛丝马迹，其实这就像纵火狂放出的第一颗烟幕弹！他们想说的是，因为我们太真诚太傻帽，所以才直愣愣地说出‘间谍’这个词……可他们别想蒙过我的眼睛！他们肯定就是货真价实的间谍，也许更坏。所有这些关于荷马和游吟诗人的胡说八道都不过是伪装，是为了掩盖他们隐藏得很深的那个真正的计划。他们故意写下这样的笔记，还故意搁在手提箱里，于是，像皮杰特·普瑞纽斯这样的笨蛋毫不费事地就弄到手了。”

“你们这两个白痴！”总督朝自己喊出了声，心头蹿起一阵怒火，“你们是彻头彻尾的笨蛋！你们给我这玩意儿，想用它来骗我，白痴！但这一手对我不管用。噢，不。我看得出，所有这些三流文人的扯淡统统都是无稽之谈。让我们等着看看杜尔是怎么汇报的……”

跟往常一样，一想到杜尔，总督心里就平静下来了。他绝对有理由说杜尔是他精神慰藉的香膏，是他夜晚能够享受舒坦、安谧的秘密武器，每当他突然感到一阵焦虑（那种莫名其妙的焦虑发作起来比所有的麻烦更头痛），他就想到杜尔可能已钻进了某根烟囱，或蹲在某处黑影里，这时他的神经就会松弛下来。总督会想，他正在倾听，在追踪邪恶……

“至于你，皮杰特，你这蠢货，你把钓钩、钓线、鱼饵都一口吞下去了！”总督大声咆哮道，“他们往你鼻子底下推过来那么多文件，可你还要说，谢谢，那会挺管用的！卑鄙的间谍……狗杂种们！……”

总督克制着内心升起的那股怒火。他听见什么动静，以为是百叶窗在响，但那是房门刚刚打开的声音。他看见戴茜走进来，吓了一跳。

因为刚从床上起来身上还暖和，她只穿了一件透明的睡袍，她踮着脚尖轻轻走向他。仁慈的上帝啊，她全身渗出的都是柔情！他刚要告诉她，她半睡半醒的时候比她身着任何华美服饰都要美得多……

“你在干什么？”她悄声问。

她还在睡意蒙眬之中，说话含混不清。

“你看见的，我在工作……”

“你吓了我一跳。发生什么事了吗？”

他抚摸一下她的头发。

“回去睡吧。离天亮还早呢。”

外面的风声嘶嘶飒飒地作响。总督看着他妻子摇摆着诱人的臀部出去了，但他眼睛里却闪出一道寒光。

这些文件的某个地方有关于生殖或受孕的暗示，还说要抓紧进程以免太晚了什么的……甚至还说到了荷马史诗的种子！

他狂乱地翻着纸页。啊，在这儿了。他记得一点不错，除了那个单词不是“种子”而是“精髓”，但这难道指的不是一回事吗？

然后，他明白自己强抑愤怒的真正原因了。每当听人提到不育、生殖这样的字眼，他就感觉到这种暗示是针对他妻子的。或者，甚至更糟的是：在他的想象中，某人，在用这样的词语打着戴茜的主意，想把自己的精子植入她体内，让她怀上孩子……趁着还来得及……趁更年期到来之前……黄昏到来之前。

晚会上，那两个外国人中有一个难道不是跟她眉目传情了吗？这不就是明摆着的嘛，他意识到了，再明白不过了。他相当愿意确信，他们万里迢迢从地球的另一端来到这里，唯一的目的就是和他妻子睡觉。

奇怪的是，总督的妒忌里却掺杂着一些奇怪的欲念，这种欲念就这样奇怪地涌上来，弄得他差点要晕过去。

远处，圣方济各会教堂的钟声响了，在雨幕下的市镇阴郁地回荡着，好像在为过去的愆尤不停地忏悔。他想象着佐夫修士因通宵未眠，两眼红肿地去做早场弥撒，没准他脑子里会匆匆闪过某个修女的形象。这是因为翻译爱尔兰人那种激情迸发的语言点燃了他心中的欲火。

总督的思绪又回到戴茜那石膏般润泽的身体上，毫无疑问就是那具身体让他成了被人妒忌的对象。人们肯定都梦想着拥有他的妻子，让她受孕……

他被这种从头顶渗透到脚底的情绪搞得心烦意乱，这跟以往的欲念很不一样。他从桌前站起来，悄无声息地走进卧室，凝视着戴茜。她似乎又沉睡过去了，尽管她这会儿看上去更楚楚动人，但他还是不敢惊醒她。

戴茜没有睡着。她听见门铰链嘎吱一声响，便闭上眼睛放慢呼吸。在清晨第一缕光线中，她肯定是进入了春情撩人的梦境，这会儿依然浑身瘫软。

外面是一个阴郁的黎明。教堂的钟声也像是带着痛楚。

她想翻个身，但暖融融的被窝使得身子都麻酥酥的，她一点都不想动弹。她的手没有在身上画十字，而是懒懒地滑向胸部，然后是腹部。她差点流出了眼泪。

* * *

三百码之外的地方，比尔翻了个身。他处于半梦半醒之间，尽管教堂的钟声只是依稀可辨，他的手却机械地移向前额，移向胸部，再转到左右肩头……

过去的这个夜晚对他来说真是可怕。凌晨时分，在他整个脑子里折腾不休的那些焦虑终于平息下来，使他有了片刻的休憩。在黎明曚昽的光线里，他辨认出那灰蒙蒙的轮廓正是放置录音机的金属箱。嗨，伙计，你在呢，他心里说，他有了些许平静和快慰。他喜欢一日之中黎明时分带来的宁静。这会儿虫子似乎也都去睡了，现在它们肯定不那么可怕。

这儿的钟声跟别处的不一样，再次合上眼睑之前，他竭力思索着这钟声的意味。可这钟声是那么寂寞而阴郁，他在世上任何地方都没听见过这样的钟声，一声声地响着，一直送到他耳边，直到他酣然入睡。

第四章

一小群人等在人行道上，望着两个爱尔兰人从环球宾馆出来，或者说，等着看一眼他们的行李。车站搬运工布莱基曾向一切神灵赌咒发誓，说这箱子的装载绝对要把你吓死。若是宾馆员工来扛箱子（布莱基想让经理把这活儿派给自己，结果空等一场），没准在负重之下就打趔趄了，说不定还趴下了，甚至会压断脊梁骨。他暗示说，马车也很可能一个刺溜就拐出路面，最后掉进臭水沟里。除了可怕的重量，那天从汽车站到宾馆的路上，搬运工还另有一种特别奇怪的感觉——他现在可以确定是什么感觉了——就是两个外国人的箱子怪怪的。那么，他揣想，不知人的脑子是否会有那种感应，想想拉车的马儿会怎么着吧。虽然没有大声说出来，但布莱基估摸着他心里这些牢骚足以让马匹脱缰而出，甩掉马车，把马车夫和乘客甩到路边的沟里。

马车夫利姆已经听说了这些传言，但他还是按时出现在环球宾馆的台阶上，前来迎接搬运工所预言的可怕的重量挑战，表明心里已有准备。据称，当被告知搬运工如何评价他和他的主要帮手临危处事的能力，他反驳说他的马匹都比布莱基要机灵。尽管如此，当外国人出现在宾馆门口时，在那儿站了几个钟头的一堆围观者，等着看整个事情怎样收场，他们还是非常清楚地看到马车夫脸上忧虑的神情和他手中颤抖的鞭子。

豆大的雨点不紧不慢地落下。然而，两个旅行者却一直等在外面，看着行李妥帖地搬上马车他们才钻进车里。那些宾馆员工，包括行李员，甚至还有经理本人，都搭把手帮着把行李搬出宾馆，他们脚下不时打着趔趄，身子摇摇晃晃的，好在没人摔倒。（布莱基曾非常肯定地说，我可对安拉起誓，到时候他们准是像多米诺骨牌那样一个个倒下，像羊肉串那样一块块被扯开，然后又像豆子似的撒了一地。）不过从另一方面来说，有些情形却是布莱基或别的什么人都未能预见。其中一个旅行者抬头担忧地看了看天色，跟他的同伴嘀咕了一句，然后他俩指指宾馆员工抬出的大箱子，前一个外国人脱下自己的雨衣盖在箱子上，另一个点点头表示这就行了。

“嗨，我看见了，他们好像是要保护那箱子不让雨打湿了。那里面肯定装满了……装满了……”

“装满了什么？”有人问。

没人回答。

“你们觉得那里面能装些什么？”那人不肯罢休。

前边说话的人瞪大眼睛看着那个发问的人。“既然你那么想知道，干吗不上去问问他们？”

第二个说话的人耸耸肩膀。

这时，马车夫赶着车上路了，围观的人们都抻长脖子一齐朝那个方向张望，好像这样就能有一根无形的丝线把他们连接到一起。

十五分钟后，马车驶出了小城，在空旷的乡村公路上踽踽独行。马克斯和比尔透过车厢侧门的缺口朝外张望，外面是一片荒凉孤寂的平原，一眼望不到边。

比尔用手掌揉揉眼睛。

“平原上起雾了，还是我眼里揉进了什么东西？”他问。

“是起雾了。”马克斯说。

比尔释然地叹了口气。

我可不能再为这事儿忧虑了，他想。自从他们离开市镇，他眼前就像再度蒙上了一层模糊的东西。不过那层东西覆盖在平原上，而不是在他的眼角膜上。他这才振作起来，开始吹起了口哨。

“很美，不是吗？”过了一会儿，他说，“我觉得今天才是我们冒险之旅的开始。”

马克斯开心地点点头。

路边拆开的干草垛被雨水浸湿了，几只黑鸟在那上边盘旋，被雨水打湿的翅膀似乎飞不起来。

“客栈离这里越远，对我们就越合适，”比尔说，“在那儿我们可以安静地工作。否则，我们得有一半时间忙于应付小城各类人物的邀请什么的。”

“我敢打赌，他们会赶到这儿来摆布我们。”

“你这么想吗？那样的话，我们就只好去当十足的讨厌鬼了。”

“说得轻巧！”马克斯回答，“不过我在想，咱们得反过来做，要对他们特别亲切才好。不然的话，他们会给我们带来一大堆麻烦。”

“也许，我们要是把工作计划跟他们说得更具体一些，他们就会放过我们了。”比尔说，“毕竟，这关系到他们国家的利益。”

“你觉得他们会在乎吗？”

“谁知道呢？也许你说得没错。从远处看一个国家，你会想象每一个国民都渴望为之努力工作，但你走近看……说实在的，我觉得我们也一样。嗨，你瞧，那么多干草垛……”

“我从没见过这样的干草垛——看上去就像破衣烂衫的叫花子。”马克斯说。

“大概是人家一直在用草料，现在是冬末嘛……我们刚才说什么来着？”

“说到本地的社交……”

“噢，没错！如果我们跟那些人混到一起，那就干不成自己的事了。我想我当时甚至听到他们在谈论舞会的事儿……”

“真的？”

马克斯突然大笑起来。他们用嘲谑的口吻说起被邀请参加本地舞会一事，接着马克斯拿总督的妻子来取笑他的朋友。

“我想我看见她朝你抛媚眼了。”

“真的吗？”比尔笑得前仰后合。

“野牛客栈，野牛客栈……”比尔和着车轮吱嘎吱嘎的声音一遍遍地哼唱着。对一家小旅馆来说这倒是个挺合适的名字。这一路走得越远，他们觉得就越能远离桥牌和舞会的困厄。路面车辙纵横又坑坑洼洼，马车这一路上不停地颠簸，想来这给小城那些牌戏爱好者增添了旅途的障碍。

那座客栈就在路旁。马车还没停下，他们就看见了平展的石头屋顶，然后是带木栏杆的黑黢黢的阳台，最后是正门，一阵风吹得那扇门前后摇晃。

一个下巴突出的高个儿伙计，穿着木底鞋一瘸一拐地迎出来，湿漉漉的双手长满冻疮，木屐吧嗒吧嗒地响着，似乎使人觉得他比实际上走得要快。

这时候另一个男人迎了出来。“我是客栈主人，”他说，“我叫斯特杰凡。这是我的伙计，他叫马丁。”他指指那小伙子，然后又说：“很高兴我这小店能接待你们这样不同寻常的客人。”

他眼睛里显出真诚的欢悦，尽管他耷拉的髭须透着一丝烦恼，似乎正碰上了什么麻烦事儿。

“野牛骨客栈。”比尔看着晃动的门扇上那块金属标牌，嘴里拼读着，“这字号相当古老了，是不是？”

“当然啦，”客栈主人回答说，“这可是一代一代传下来的。人家说我这客栈差不多有一千年的历史了。”

马克斯不胜赞叹地吹了声口哨，目光投向头顶上被烟炱熏黑的梁柱。

他们踩着嘎吱作响的木头楼梯，一个跟着一个，提心吊胆地走上去。楼上仅有两个房间，客栈主人打开其中一扇门。

“先生们，这是你们的房间。床单都是干净的。如果你们愿意，可以在壁炉里生上火。晚上经常刮风，可你们要是不想听到风声，不想让风刮进来，可以把百叶窗关上。这些百叶窗都挺厚实，是橡木做的，枪弹都打不穿。这是一些耐燃蜡烛，给你们晚上用的。”

客栈主人眼里闪过一道光，旋即蹙额皱眉地想着什么事儿。

“真的很奇怪，其实两个星期前我就梦见了，是有两个不同寻常的客人来我店里。他们是骑马来的，他们的马匹挂了一圈没点亮的灯笼，挂在鬃毛上，马脖子上……我在梦中想，希望这是个好兆头！接着，两天后，我就接到了你们要到这儿来的消息……”

两个外国人交换了一下眼神。

“那些游吟诗人，有时也在你这儿投宿？”比尔问。

“游吟诗人？噢……当然啦，他们当然要住这儿。就算是……”

“真的吗？”

客栈主人张开双臂，做了个很夸张的手势，好像要表达深深的遗憾。

“以前他们常来这儿。现在，他们许多人都已经远走他乡了。”

“怎么会呢？这情况可没人跟我们说过。你这客栈显然就在他们来往的路线上。”

“这可没错，先生。我很高兴你们知道这一点。这绝对是正确的信息。我想说的也许还不止这些。我的意思是，在过去的年代里，玩拉胡塔[①]的人更多，就是那种长颈的单弦乐器，也许你们也熟悉那种乐器。”

“那还用说。”两位客人异口同声说。

“噢……如果你们想见见那些歌手，”客栈主人说，“你们再也找不到比这儿更好的地方了，当然，‘两个罗伯特’客栈那儿没准也有拉胡塔歌手，但那家客栈离这儿可远着呢。”

“这事我们再商议，”马克斯说，“我们真的很想跟他们接触一下。”

“先生们，我很乐意帮你们这个忙。”客栈主人说着，身子闪到一边，好让他的伙计把行李搬进客栈。

这天深夜，总督在办公桌前忙着起草给内务部长的报告，他不时地瞟着情报员杜尔写的关于两个外国人入住野牛骨客栈第一天的汇报。

这老混蛋，写得真不错，总督心想。他说来只是一个情报员，但他的文笔比你在《阿尔巴尼亚成就报》[②] 上读到的文章都要好。

他一向暗自羡慕杜尔的行文风格，尤其是像“除所述事实之外，这一任务并非笔者职责所在”这类的语句转折，或是挥洒自

---

① 拉胡塔：阿尔巴尼亚的一种民族弹拨乐器。

②《阿尔巴尼亚成就报》：20 世纪 30 年代在地拉那市发行的一份日报。——原注

如地插入“尽管”之类，使语句显得更简洁文雅。总督也曾想在自己的书信中插入此类词句，但总是显得有些生硬，而他再审读自己写下的文字，不得不把那些词句划掉。

“显然，他们一到野牛骨客栈，便与旅店老板交谈了几句（我有必要指出——除所述事实之外，这一任务并非笔者职责所在——客栈主人的几句话，尤其是当他告诉新来的客人自己已在梦中见到他们了，在笔者听来这般言谈不仅毫无意义，而且当着外国人的面，本王国公民这样说也很不得体）。交谈了几句之后，两个外国人便留在了他们的房间里。”

总督大致看了一遍报告，注意力集中到杜尔·巴克萨贾所描述的两只箱子上，手提箱和大行李箱都打开了，不用说两个爱尔兰人搬出各式各样的卡片盒，小心翼翼地拿出成千上万的卡片资料。确切而言，这密探在报告中说，他们似乎并不特别在意隐藏那些卡片，倒是相反，事实上，他们拿出图钉，把一些卡片，尤其是几张地图钉到了墙上，大概花了十五分钟时间，把所有的地方都贴得满满的，甚至连门背后都贴满了。

总督翻阅到情报员描述他们测试录音机的一个个细节，杜尔提到，那种声音是他有生以来第一次听到。据杜尔的说法，两个爱尔兰人录下了他们自己的声音，但重播出来的声音和真人说话不太一样。杜尔继续汇报说，不过据他所积累的大量经验来看，可以确信那就是两个外国人自己的声音，只不过经过机器播放出来有些走样，声音像是从金属罩子里发出的，或是从烟囱里或是从破墙后面传过来似的。

真是一条出色的警犬！总督心想。

他决定把杜尔报告中的一段文字作为自己呈递内务部长报告中最有价值的内容，就是关于地图钉在墙上那一段。杜尔继续写道："笔者在屋檐下完成了所交托的任务后，又尽力从不同角度观察，以便更清楚地观察那些地图以及他们在上面所做的标记。"

总督把报告中关于地图的段落又重新看了几遍。据杜尔的描述，那些地图看上去很像是气象图，这种气象图他只是在地拉那机场见过，总督也许还能记得，当时他受命监视玛丽亚·M夫人，跟踪到了马耳他，是怀疑她随身携带从斯柯达大教堂拿走的两张古代圣像，就像那次为了S大人的秘密公文……

"这家伙真是没有什么不知道的。"总督带着近乎羡慕的口气对自己说，"没有什么能逃过他的眼睛，他只消看上一眼，或者，甚至更厉害，只需要听到点什么，就能搞个水落石出。如果出生在一百年前，出生在两百年前，杜尔也能把一切都装在脑子里。可贵的是，他比一座大图书馆装得还多，比大英博物馆或是其他这类地方装的信息都要多。"

据杜尔的详尽描述，那些地图上标记了许多箭头，有些地方画了圆圈，有些地方画了曲线，有些只是直线，就像气象预报的风雨标示。箭头上下都标有字母或数字，有的是二者混合，如：A，CRB，A4，等等。在有些地图上，道路用实线标示出来，同时也标示出旁边的建筑物围建区域。甚至有两张地图还标出了南斯拉夫边境。

噢。这事儿挺严重的，总督心想。这两个家伙甚至不想费心掩饰他们的把戏。要不就是以为我们都是傻瓜，或者由于别的原因……甚至是因为某些掩藏得很深的更重要的原因。

杜尔还提供了一些更有意思的线索。据这密探观察，有些地图上用大圆圈标出“史诗区 A”，或者只写“史诗区”，或是“真实可信史诗区”，还有些地方被标为“次史诗区”和“半史诗区”。

所有这些信息都极为准确。总督本想把其中一部分文字整个儿复制到自己的报告里，但他又不太愿意这样做。这倒与自尊心无关——毕竟，没人会知道，N 城无所不能的总督大人抄袭一个小小情报员的报告——而是因为某些更重要的原因：他怕会铸下大错。所有这些事况都公然摊在面上，就好像存心要让人看见。如果这只是让他们转移视线的某种阴谋，那可怎么办？

“唉……”他大声地叹了口气。有那么一会儿，他捏笔的手一动不动，在犹豫着。他想依样画葫芦地向部长汇报，以使自己免受其过，但到头来却怕是轻易上当受骗，而另一方面，如此用尽手段又怕被认为是过分防范外国人。

他又开始涂涂改改，往未经润饰的句子里添加某些装腔作势的辞藻，这时他心里不禁又是一阵刺痛。他真是妒羡杜尔。他越是多想就越是恨他自己。他三次试着在报告里插入“然而”这个词，但无论怎样绞尽脑汁，就是摆不到合适的位置上；这个词夹在其他词语中显得很突兀，像是一个异物，一个不受欢迎的甚至是搞笑的闯入者，于是他又像抽上一鞭似的用钢笔划掉了这个词。“唉，唉！”他大声呻吟着，“一个卑微的探子都写得比我好！唉，不管怎么说，”他自我安慰道，“粪堆上的鲜花倒是长得更艳。”

他费了好大劲儿，在写给部长的报告中，将对地图和图上那些箭头标记的看法终于交代妥帖，不过，考虑到两个外国人对游吟诗人在阿尔巴尼亚北部活动线路的特殊兴趣，应该有充分理由怀疑他们正是借此从事间谍活动。至于他们是怎样利用游吟诗人来发送和传递情报或密电码的，具体情形目前尚不清楚。根据阁下的指示，两个外国人暂时被置于全天候监控，但是（如果阁下大人能原谅他再次提出这个问题），他不得不承认，就听觉方面监控效果而言，还几乎就是“聋子”。

他把自己写定的文句与情报员的报告对照一下，满意的心情马上蒸发得一干二净。除了最后那句“尊敬的阁下”，在杜尔的版本中作“总督大人”之外，无论从哪方面看，他的句式都和他的情报员如出一辙。他意识到自己已经成了杜尔文体的奴隶了。“统统见鬼去吧！”他叹了口气，突然感觉精疲力竭了。他开始琢磨别的事情。是否应该向部长要求调派一个英语情报员过来，抑或，这类事情还是不要麻烦部长为好？两周前，他在写给部长办公室的一封信中提到过这个问题，但对方直截了当回绝了他：地拉那总共只有两名英语情报人员，其中一个要对付英国公使馆的事务，另一个耳朵感染了，因而派不上用场。部长在回信中写道，在这种情况下，总督只能面对现实，但因事关重大，你必须密切监控两个外国人的行动，目前，肯定无法在首都找到可以使用的英语情报员。部长办公室将设法从王国其他地方为他找一个来，不过总督必须知晓，这不是一件容易办到的事情。因为，除了外语情报人员的严重匮乏，最近情报人员总的健康状况比较糟糕，根据一份医学调查报告，相当数量的情报人员隐瞒了他们听力相当糟糕的事实。

总督咒骂自己，因为他没有主动让杜尔·巴克萨贾去学英语。要是添了一种本事，杜尔一定会想着要另谋高就。可是在监视斯柯达教堂的主教和本地牧师对话时，难道他就没能学点快速入门拉丁语吗？还有，更重要的是，难道他就没能把吉卜赛语弄得更流利一些，以帮助追查国王马厩里被偷走的那匹马？

唉，他叹了口气，安慰自己说，你怎么知道下回来的老外是哪国人？你也许能够设法对付说英语的人，可是如果来一个土耳其旅行者，或是日本游客，或是天晓得是哪儿的客人在你家门口晃悠，那时你可怎么办？这真是一份魔鬼的差事。

他逡巡的目光又回到杜尔的报告上。结束语简直就是真正的杰作，总督后悔未能在给部长的报告中逐字抄录。“瞧瞧，他这儿就提出了英语问题，该死的！”总督喊出声了。如果杜尔报告的结尾处不是又透彻地提出语言问题，还是泛泛而言笨拙的“聋子”监控，换句话说，那不就成了只凭视觉去监控可疑分子吗？这样想来倒提供了一个机会，不妨逐字抄录杜尔谈论眼睛和耳朵关系的那些文字——对于监控行业或是监控艺术而言，这可是一篇充满哲学反思的报告。

总督重读一遍情报员报告，随后把钢笔搁在上面。杰作啊！他想，其中谈论技巧的那一段落绝对令人惊叹。可谓莎士比亚与但丁的珠联璧合！“就像总督大人您所知道的那样，”杜尔写道，“刺探行动，首先是一门耳朵的艺术。眼睛只是起第二位的辅助作用，其他那些多余的问题就不必说了。此外，所有伟大的密探都是视力欠佳者，何况还有一些人根本就相当于盲人。”

“真是个牛人！”总督咕哝着，“毫无疑问，他自己就是个魔鬼。”于是，他开始照本抄录杜尔的报告。

第五章

我这是在哪里？他惘惘然思索着。我怎么会在这儿？

一团毛茸茸的东西蹭着他的下巴，这会儿又摩挲着鼻子，他愕然地睁开眼睛，几乎发出惊骇的尖叫，他以为自己看见了孩童时泰迪熊的红褐色长毛，要不就是玩具狐狸整个儿压在自己脸上。不过他很快清醒过来，一把掀开夜里一直蒙在脑袋上的毛毯。

天空破晓了。迷蒙的曙光透过墙上百叶窗半开半闭的窄缝洒了进来，影影绰绰的窗格使得透入的光线显得更加苍白。比尔转向马克斯的床，看见他的朋友还在熟睡之中。

野牛……他陷入冥想。这么说，在这黯淡的冬日早晨，他们正置身这个传奇客栈，你就在这里睡觉，躺在巴尔干当地出产的长毛毯下面。他们的冒险真的开始了。现在已经没有回头路可走，即便他们想放弃也不行了。呵呵！真是够冷的！不过这种低温天气倒是让他精神振作起来。他从床上慢慢起身，尽可能不弄出声响，蹑手蹑脚踏着吱嘎作响的地板走到窗前。他的眼睛停留在低垂的天空上，那云层似乎预示着什么尚未察觉的大灾难。

烘焙咖啡豆的香味从楼下飘上来，他想，该是起床的时间了，他穿好衣服下楼去。

“早上好，先生！”客栈主人突然出现了，对他说，“你们睡得好吗？”

“早上好……是的，睡得不错，谢谢。”

比尔注意到他右边有一扇门开着，一楼这儿有一个大房间，里面排满了铺位，床挨着床，大部分都空着，但在两三张床上能隐约看见裹在厚毛毯里的身影。

“这是大通铺，”客栈主人解释道，“这一带的旅店都是这样，只有一两个单间是为特殊客人准备的，比如像您二位。您知道，这一带都是穷人。”

“我明白。”

几分钟后，他穿过一片空地，沿着蜿蜒的小路去散步。路边的灌木都挂着霜。那儿栽种着一两排矮树篱，不用说那是为了标示客栈的地界，他越走越远，剩下来的只是一派孤寂和安谧。“真宁静啊！”比尔喃喃出声地说。这样说显得过于轻描淡写。因为这不是那种通常意义上的宁静。画眉鸟的歌声在四周整个儿的静谧映衬之下，显得格外嘹亮。当然这高亢的啼鸣倒不是他的脚步声引发的，鸟儿的歌唱似乎更像是在为某种无形的迹象而躁动，就像是为着某种原因，梦想注定要在这片平原上尽兴驰骋。

比尔感到自己体内升腾着一股异乎寻常的热情和活力。突然间，他觉得在这清晨时分，似乎一切变得皆有可能。他感到自己强大得足以解决宇宙间一切难题，他能改变白日的时间长短，他能改变季节轮替，能矫正地球自转的周期。至于荷马史诗嘛，他会解开一切谜团的，那不过是小菜一碟。

怀着这样的心境，他不知道自己走了多远。转过身去，他看见客栈离自己很远了。他估计，这会儿马克斯肯定起床了。

比尔回来时，马克斯确实已经在楼下了，在跟旅店老板一起喝咖啡。

吃过早餐，两人一起往比尔清晨走过的路上去散步。那儿依然很安静，但比尔感觉早晨感动过他的激情已经消退。平原边缘笼罩在雾中。不时有几只黑色的鸟从薄雾中钻出，仿佛从另一个世界飞来，它们贴在开阔地上飞行，然后像鬼魅似的消失在雾中。有那么两三次，他们以为从雾中看到了诅咒山①的峰巅。

他们在纽约时经常谈论到这片山区，现在他们几乎是急不可耐地要亲眼看一看。他们最初的计划是一边往山里走一边着手研究工作，但他们被告知这里的冬天相当可怕，几乎不可能通过山隘，山上的生活条件也极端艰苦，他们的想法太天真了。他们所有接触过的人，听说他们要去阿尔巴尼亚北部，都劝他们不妨在几条道路交会之处寻找与游吟诗人相遇的机会，比如像野牛骨客栈那样的地方就更为理想，总比他们翻山越岭去搜寻寥寥无几的聚居地要好些。

---

① 诅咒山：阿尔巴尼亚北部靠近黑山共和国（当时属南斯拉夫）边境处的一座冰蚀山。

昨晚，客栈主人信誓旦旦地向他们保证，拉胡塔弹唱歌手每个月至少要来他这儿两次。他叹气说，要是在过去，那就不一样了，那是几乎每个晚上都有歌手来访。不过看样子这样的时光已是一去不复返了。不管怎么说，他们不必担心，他们肯定会遇见游吟诗人。

虽然他们打算一直严守自己的秘密，可是后来意识到，要对客栈主人保密比较困难。于是，没有太多的纠结，他们就试着把所有的计划都尽可能详细地跟客栈主人说了。

“先生们，我明白你们说的了。”他点着头，转过身从厨房里端来咖啡，“我完全明白你们说的意思。这么说来，我的客栈跟你们的工作就很对路了。尤其是你们要想第二次听到同一个歌手的吟诵。一位歌手在这儿度过一个晚上之后，通常隔一个星期他又会出现，最多隔两个星期，他们从婚礼或是葬礼上回来，要不就是完成了一桩谋杀，在回家的路上肯定会来这里歇脚。因为没有别的路通往高原，没有别的路。除非你长了翅膀……可是在冬天，就连鸟儿也飞不过诅咒山。”

客栈主人只是对一件事持保留态度：游吟诗人愿意对着机器吟唱吗？他跟这两个外国人说过拉胡塔歌手表演的程式和套路，他们需要有一定数量的观众才肯表演。不过他们不必担心这一点。在这冬天的夜晚，他的小客栈里经常会有真正的聚会气氛。他会想尽一切办法确保不让他们失望。他会把大通铺的灶台烧得热乎乎的，给吟诵歌手端上雷基酒[①]，至于录音嘛，嗯，让我们见机行事吧。他们也许可以请教一下拉胡塔演奏是怎么回事，在这之前不妨要一个简单的小把戏，比如用一块羊皮盖住录音机。不管怎样他们都不用担心，一切都会顺顺当当的。

比尔和马克斯大步穿过开阔地时，回想着所有这些信誓旦旦的保证。说实在的，对他们这次工作而言，真的不可能找到比这位客栈主人更好的帮手了。他是游吟诗人的热心捧场者，他熟悉史诗歌手就像熟悉自己的手背一样，他知道他们的弱点，也清楚他们的行吟路线。他简直是游吟诗人的活的百科全书。他细数游吟诗人随着季节变化而变动的行程，就像说鸟儿的季节性迁徙。说起歌手们，甚至连遣词用字都有一种细心斟酌的意味，充满爱意的后缀听上去是那么柔和，让你听了都想叹息。能遇上这么一位旅店老板，他们真的是撞上了大运。

他们一边聊着，一边不时抬头向前望去，期望能在远处地平线上辨认出诅咒山，可是辽阔平坦的原野依然裹在雾中。不过你依然可以感觉到大片的高原就在前方，真的就在不远之处。那里就是史诗吟诵者的心脏地带，来自彼处的魔力吸引着他们漂洋过海来到这地方。他们试图解开的荷马之谜，一定是隐蔽在那片浓雾里面。可是，比尔的感觉一小时前变了，他觉得他和马克斯不可能成功。他们是这么无力，这么渺小，也许他们命中注定会永

---

① 雷基酒：巴尔干乃至南欧等地用粮食或葡萄等水果酿造的一种烈酒。

远徘徊在这片幽灵地带的边缘，永远也不能进入其间。他不禁深深叹了口气。

“瞧，那儿!”马克斯突然喊道，“是那边有人，还是我眼睛花了?”

“你问我?你很清楚我的眼睛……”

马克斯把手扣在前额上。“是人，没错。”他肯定地说，“没什么不对劲的，可是，我说不上来，我有一种奇怪的感觉。”

这大雾浓稠得像豌豆汤似的，比尔料想自己不可能从雾中看见任何东西。不过，天地之间地平线上的黑点，真的是越来越近了。内心的惊惧让两个朋友意识到，为什么事先曾怀疑自己能否真的在这种严寒的山地发现人类，更不用说遇见古代孑遗的史诗歌手了。因为这种地方即使留有什么文明遗存，肯定也早已处于半僵化状态，濒临死亡之门，等不到下一个冬天或是再下一个冬天，就消失得无影无踪了。这就是他俩如此仓促而行的缘故，趁着一切消失之前赶赴这儿，趁着游吟诗人最后喘息的机会抓住奥秘之钥。

他们两人都没有向对方透露自己的疑惑，因为不想在艰难时刻给自己增添更多的压力，当时所有的阻力似乎集中而来，就是要拦阻他们的阿尔巴尼亚之行。可是他们冲破了那些令人沮丧的阴霾，现在，他们的坚忍不拔该是得到回报了，山那边似乎真的是活动的人形，正朝他们这边走来。他们默默地等着那些人靠近。这是他们第一次在真正的史诗地带遇见高地人。这些人的衣着服饰跟古典史诗中描述的一模一样，他们在书中见过那种描述，他们几乎惊讶地大喊出声：这怎么可能，已经过了一千年了？他们黑斗篷的垫肩上装饰着一对截短或是退化的翅膀，那模样让人看了不寒而栗。直面这些高地人，你就像看见人神之际的疆界，那是一道分水岭，是二者交会的那一点或是分界线——这要取决于你想看到的是什么。史诗中提到过他们，甚至阿尔巴尼亚语有一个古老单词就是描述他们的：hyanjeri，也就是“神人”，想来没有任何相应的措辞可以称呼他们，除了希腊语。垂落的黑色斗篷盖住了修长的奶白色紧身裤，裤腿两侧从上到下装饰着点状的 Z 形线条，粗看像是高压电警示符号。马克斯和比尔从未见过这样的服饰：像是中世纪僧侣祭袍与舞台上饰演魔鬼的芭蕾舞演员短上衣的组合。两个爱尔兰人觉得自己在这些高地人的服饰中看到了某种伊利里亚人①的特点，还带着几分巴尔干式的阴郁，除此，还让人想起苏格兰高地或是地图上未标明的高寒地区原住民的服饰。

“伐木人。”马克斯悄声说，他看见那些高地人的身后背着斧头。

他们确实是伐木人，两个爱尔兰人后来更加确信这一点，因为他们知道阿尔巴尼亚人从来不用致命的武器来解决纠纷：在他们的行为规则中，子弹只能用来对付敌人。是的，肯定是伐木人，

① 伊利里亚人：古代欧洲一个属于印欧语系的民族，主要生活在希腊西北部到阿尔巴尼亚、黑山、科索沃等地。有一种观点认为阿尔巴尼亚人的祖先就是伊利里亚人。

比尔又一次对自己说。可是看上去那些斧刃像是仍然沾着干涸的血迹，记载着相当久远的恶行。

那些高地人走近了。他们当中有些人的身影让人想起希腊古瓶。但这些人走路的样子很像是在行军，因为他们的步态完全符合卡努法典①的规则。

“嗨！”打头的一个高地人向他们喊道。

这声招呼让两个学者吃惊地向后退去，一下子愣住了。随后，比尔费劲地混合着英语和阿尔巴尼亚语说了一声“早上好”。至于马克斯，只是做了个打招呼的手势。

过了一会儿，爱尔兰人转身回去时，才意识到他们离客栈已经很远，都望不见客栈的影子了。回去的路上，他们下定决心，史诗调查工作不能再耽搁下去了——最迟第二天就开始，甚至还可以再早些，如果今晚能有一个游吟诗人到来的话。

野牛骨客栈静悄悄的。他们上楼进了自己的房间，打开行李箱拿出更多的文档卡片和地图。墙面上唯一留下的空地儿在壁炉上方两扇窗子之间（其实两窗之间没有多少地方）。

“我们这儿有老鼠吗？”马克斯突然大声问，他抬起眼睛望着天花板。

比尔正在打开一张巴尔干地图，停下来也朝上看。

“我想不会有吧。”

---

① 卡努法典：指奥斯曼帝国时期某些欧洲伊斯兰国家通行的世俗法规。

他看着地图，那上面的山脉就像屠宰场地上乱扔的马肋骨。上面标出的文字是："阿尔巴尼亚北部高原""科索沃""老塞尔维亚[①]"。

在这一区域，阿尔巴尼亚人和斯拉夫人的冲突延绵上千年。他们在每一件事情上都争持不下——为了土地，为了边界，为了牧场和水源——考虑到他们对当地彩虹的归属也会争个不休，这些争端根本就不足为奇。似乎这还不够，他们还为古代史诗大打口水仗，那些史诗歌谣存在于两种语言之中：阿尔巴尼亚语和塞尔维亚-克罗地亚语，这就使事情变得莫衷一是。操这两种语言的人都宣称史诗是他们的创作，而操另一种语言的人，或是剽窃者，或只是模仿者。

"你想过没有，不管我们愿不愿意，对荷马史诗的研究工作是否会让我们卷入这种争端？"比尔问道，眼睛仍然看着地图。

"你认为会这样？"

"实际上这是不可避免的。我们试图证明哪些阿尔巴尼亚史诗素材是荷马史诗的源头；如果古希腊时期阿尔巴尼亚人还没有来到这里，那就不可能有那回事了；再说，是什么引起塞尔维亚人的妒忌和愤怒？确切地说，是占领巴尔干半岛的历史顺序问题。"

"我明白……妒忌……"马克斯咕哝着。

---

① 老塞尔维亚：这里指1878年独立时的塞尔维亚，其国土仅包括今塞尔维亚中部地区。在20世纪初期的两次巴尔干战争中，塞尔维亚国土向南扩展，兼并了科索沃、马其顿等地区。

离开纽约之前，他和妻子的争吵让他极为沮丧。“去你的吧，你们两个，你和你的情人。离我远点儿，我说！跟那个好色之徒比尔·诺顿一起滚吧！就是别在我面前扯什么荷马史诗！你难道自己都看不出这有多么荒唐可笑？”

“你在听吗？”比尔问。

“在听，在听……你提到什么妒忌的事儿……”

“是啊。塞尔维亚人就是不肯承认阿尔巴尼亚人比他们早来这个地方。在所有巴尔干半岛国家，诸如此类的本土民族主义都会引发荒唐和病态的激情，不过，因为与科索沃问题有关联，实际上又牵涉到更多的政治因素。”

比尔仍然在审视地图，看上去有些忧虑。

“上千年的战争，”他神情恍惚地说，“真是长得可怕，不是吗？”

“太长了。不过战争也催生了史诗。”马克斯说，他转向行李箱，“这可是一种嗜血的玩意儿。”

有那么一会儿，他们呆呆地凝视着冰冷的闪着寒光的金属箱子。他们定下的计划是往这些箱子塞满散落在高原四处的史诗。

“德国人把这称作种族战争，”马克斯说，“他们甚至直截了当地认为阿尔巴尼亚人是更优等的种族。”

“我敢肯定我们很快要面临一场令人讨厌的冲突。”比尔同意这说法，“不过当我听人谈论种族时，尤其说起什么优等和劣等种族，嗯，我就气不打一处来。在我看来，那就是让人恶心的纳粹主义。”

“可是这照样成了现在非常时髦的观点。”

他们都陷入了沉默。

“别人也想拿走他们的史诗。”比尔终于又开口了，他转过身背对着地图。

“当然，”马克斯说，“当你接手整幢房子时，你也就放心大胆地窃走房子里所有的财宝了。”

“史诗是很要命的东西!”比尔喊道，他再次盯着箱子，好像里面已经塞满了史诗，随时都会溢出箱口。

“真冷啊!”马克斯搓着手说。

他放下笔记本用大毯子裹住自己，比尔也学着他的样子。两个人都在发抖，渐渐地，全身都冻得麻木了。

比尔将脑袋靠在枕头上，试图想象斯拉夫人第一次入侵巴尔干半岛的情形。阿尔巴尼亚某些史诗中偶尔提到过，用潮涌暗指从北方和东北方涌来的无数人口，以及在他们面前退却的半岛居民，一英里一英里，缓慢而持久的撤退。斯拉夫人的入侵潮似乎从未停止，这一点与罗马人的入侵不同，这种征服不是靠军队、旌旗或是条约来实现的。肯定有过这样的场景，女人和孩子们在无尽无休的挣扎中发出混乱的尖叫和嘶喊，步兵队不按命令办事，撇开了里程碑或界石而长驱直入，这与其说是军事入侵，倒不如说更像是自然灾害。他猜测，这样的入侵可能对巴尔干人影响最大，尤其是从前的阿尔巴尼亚人。突然间，他们陷入斯拉夫人的汪洋大海之中：绵延不绝的来历不明的欧亚大陆人群，轻而易举地毁掉了这片土地，可惜的是这儿艺术的繁荣超过了世上其他任何地方。于是，注定要发生的事情发生了：在这里生活了几个世纪的人们拿起武器，血洗了大洋之滨。于是入侵的潮涌退到了靠近科索沃的那块地方。

有人敲门。

“请进！”马克斯说。

进来的是斯特杰凡，抱着一捆木柴。

“我给你们点上火吧？”他问，“这天真的很冷。”

“噢，谢谢你！我们正在聊着塞尔维亚人和阿尔巴尼亚人之间的怨仇。人们说的那些可怕的事情都是真的吗？”

“他们甚至比你想象的还要坏。”斯特杰凡边说边往壁炉里塞木柴，“你们知道有一首阿尔巴尼亚诗歌是怎么写的吗？‘**我们互相的愤恨与生俱来**……’”

“诗人是这么写的？”

“是啊，先生。”

“**我们互相的愤恨与生俱来。**”比尔重复了一句。“‘愤恨’那个词或者又作‘怨恨’，就像《伊利亚特》的开头。”

华盛顿那位阿尔巴尼亚外交官的话闪过他们的脑海。

“这儿有老鼠吗？”马克斯转移了话题，“我似乎不止一次感到……”

“我们客栈除过虫子、灭过老鼠了，先生，尤其是给你们的房间。”

火很快燃起来了。斯特杰凡走了，两位学者继续他们的谈话，在房间里来回走动，或是面对壁炉站着，伸出双手取暖。

他们整个下午都在整理笔记和档案卡片。在分分秒秒的流逝中，外面的光线渐渐暗了下来，他们再也聊不动了。在这暮冬的下午，他们感到自己完全与世隔绝，蹲守在一个寂静而偏远的小客栈里，难道今后的每一天都将如此？

马克斯先想到要摆脱这渐渐渗入的幽暗：他点亮一盏油灯，灯光把阴郁的黄昏挡在了外面，那黄昏此时笼罩着外面的整个世界，就像覆着一层死神的面具。

第六章

四天之后，第一次有游吟诗人进入野牛骨客栈。雨滴不停敲打着百叶窗，折磨着爱尔兰人的神经。当斯特杰凡出现在门口时，从他脸上的表情中，他们意识到最渴望的事情终于有了眉目。

“他在楼下。”客栈主人悄声说，好像在透露一个秘密。

这个游吟诗人要去另外一个地区打理私人事务，他将在两星期后循同一路线返回，如果斯特杰凡对两位学者的意思理解无误，这倒是能够两次录下同一个人吟唱的大好机会。

“拉胡塔歌手都是一些不太容易相处的人，”斯特杰凡说，“就是劝说这人留下来都不是一件好办的事儿。‘天气很糟啊，’我这么对他说，‘天也晚了。相信我，我不是只惦着赚钱的人，你可以免费住宿。我只有一个要求……’我对他说了你们两位的事情。”

在一楼公用客厅里，坐着几个高地人，他们全身都湿透了。还没等辨认出其中哪一个是游吟诗人，两个学者就注意到斜倚在墙上的拉胡塔了。这时，斯特杰凡抚住其中一个人的肩头（正好抚在斗篷肩部缝着饰带的地方），那人便转过身来。他们上前表示问候。这游吟诗人直愣愣地盯着两位外国人看了好长时间，似乎想消除心里的疑虑。爱尔兰人很少见到如此明锐而具有穿透力的眼睛，宛似一道裂罅从他们面前闪过，就像透过一面破碎的镜子看过去。客栈主人接着跟游吟诗人说话，他漫不经意地听着，但后来突然垂下脑袋，这个姿势是表示同意。按照沿袭已久的惯例，他不能接受任何报酬。可他明白这场表演毕竟可以免除今晚的住宿费用。

从楼上把录音机搬下来是大费周折的事儿，就像第一天把它搬上楼一样。那些高地人在楼下看着这番情形相当好奇。

夜幕降临，斯特杰凡点亮了一盏高脚油灯，这盏灯通常在重要场合才点上。是夜，客栈里洋溢着聚会气氛。只有那位游吟诗人，站在一边，冷冷地看着录音机，他知道自己是今晚的主角。比尔的目光一直朝他瞥去，试图想象游吟诗人看着这个超现代设备会有什么感觉：惶惑不解？略知一二？背弃先辈歌手而心怀内疚？最后，他的结论是，这游吟诗人表面的平静掩饰了内心的骚动。这将是第一次，他的声音，他的拉胡塔，不是像以往那样消失在空气中，而是将录制到这个金属盒子里，就像雨水落进了蓄水池或是像……他突然担心这游吟诗人会改变主意。

比尔看着那些高地人围成半圈坐下，这才放下心来。他们多数人都席地而坐。演出已经开始，现在，没有什么东西也没有什么人能让它停下了。

游吟诗人终于拿起了他的拉胡塔，乐器纯净的声音似乎要把听者引入一种包罗万象的梦境。比尔和马克斯互相看了一眼。游吟诗人开始吟唱，他的歌喉跟他说话的声音很不一样。那是一种古怪的、冷冰冰的、几近苍凉的声音，充满了似乎来自另一个世界的苦闷。比尔听得脊梁骨都发凉了。他试图理解歌词的意思，但歌手那种单一音调的吟唱根本让人无法捉摸。那种感觉就像是要把他的内心都抽空，把他的五脏六腑都扯出去，好像内脏缠入纺纱杆上的羊毛线被慢慢卷走那样。游吟诗人的声音真能把你掏空。如果他再不断唱下去，在场的每一个人都将化成一个小点了。幸好拉胡塔及时地停了下来。

突如其来的静默中，录音机发出一阵轻轻的震颤声，那是马克斯伸手把它关了。这时大家又回过神，好像刚从昏睡中醒来。大家都向歌手表示祝贺。比尔和马克斯也跟着用阿尔巴尼亚语说“谢谢”，可是在高地人通常对游吟诗人那种不吝赞美的套语面前，他们的声音着实显得微弱。

游吟诗人准备吟唱第二首歌谣之前，马克斯检查了录音质量。机器播出游吟诗人的声音，比刚才的原唱似乎还增加了些许共鸣和回声，这让每个人都惊讶不已。刚才吟唱的人就在这儿，他嘴巴闭着，拉胡塔搁在一边，可你却能听见他的歌声，听见他在弹拨乐器。这是将属于人的声音从他主人那儿剥离开来成为另外一种存在，这种人声分离的事情让人感到震惊。

他们全都拥到机器旁边，目瞪口呆地看着像砂轮那样转动的两卷录音带。他们眼里满是疑问，一个字都不敢说了。这么说，现在声音是存到这个盒子里了，可那是用什么方法存进去的呢？

休息了一会儿，游吟诗人开始唱第二首歌谣。

“两首歌子在里面不会混到一起吗？”一个高地人旅客用手指着机器问。

比尔差点没笑出声儿。

这天夜里，最后关掉录音机，谢过游吟诗人，已经很晚了。

“两个星期之后，”斯特杰凡告诉他，“你再经过这儿，还要唱同样的歌谣。我跟你说过的，这是先生们感兴趣的事儿。他们要做些比较，其他的事情我不太清楚。还有，你得像个男人一样向我保证，可得恪守信用。”

“这不用担心。”歌手用严肃的语调回答。

“这么说，声音能在那里面保存两个星期？”一个年轻的高地人问，“不会生锈吗？”

“一点都不会，”比尔回答，“能保留几个月，甚至好几年。”

拉胡塔歌手紧紧地盯着录音机箱。从这人眼里的神情看，比尔发现他有些忐忑不安。如果他改了主意那可怎么办？比尔的疑虑中带着几分担忧。万一他以为将自己的声音录在带子上锁进箱子会是一种恶兆，那可怎么办？

两个外国人向大家道过晚安，然后上楼回自己房间了。斯特杰凡为了节省，把大油灯捻灭了，大厅里一片黑暗。

比尔似乎觉出楼下客人们的不安，这时一阵阵的睡意伴着他俩上楼去了。他想，明天——他似乎需要盯紧点，把有些事情弄个明白，这样才能驱除不知什么原因引起的重重忧虑——明天，我们将剪辑录音带！他把身子裹进了毯子，深深叹了口气。

这天夜里比尔醒来好几次，每次都以为天快亮了，但每次离太阳升起都还早哪。最后一次醒来时，已经很晚了。

两个爱尔兰人来到楼下，惊讶地发现客栈通铺里已空无一人。

“他们都走了。”斯特杰凡注意到他们的惊奇，“高地人一般都起得很早。”从敞开的门望出去，可以看到天色阴沉，暴雨如注。“你们想想，”客栈主人接着说，“在这样的天气里他们还要赶路！”

伙计马丁的木底鞋带着啪嗒啪嗒的动静走近了，他从后门进来，两手各提了一桶水。

“早上好。”他说。

“早上好，马丁，睡得好吗？”马克斯问。

“噢……还行……我担心……担心录音机……”

“担心什么？”比尔问。

“噢，我怎么知道？”他结结巴巴地说，“什么事都可能发生，不是吗？”

马丁的脸看上去有一种茫然的担忧，比尔想起自己失眠和焦虑的那个晚上，那种担心似乎从下界而来，好像来自另一个世代……

2 月 27 日，于野牛骨客栈

今天我们真的开始进入了揭开荷马之谜的研究工作。

我们把昨天晚上游吟诗人唱的两首歌谣听了几遍。每首歌都有大约一千行。

我们把它和已出版的几种版本进行比较，正如我们所期待的那样，我们发现了一些显著的变化。

第一首叙述艾库娜的背叛，她是英勇的慕杰的妻子。德国学者把她视为阿尔巴尼亚史诗中的特洛伊的海伦，只不过她的故事能让你的热血凝成冰块。

另一首大抵是歌颂掌旗官佐克的史诗。这也许很难被说成是一个悲剧故事。一个年轻女子去山上寻找她的兄弟，他在战斗中身负重伤。最后她终于找到了他，年轻人全身浸在血泊之中。受伤者想喝水，但附近没有泉水，她担心自己一旦离他而去很可能找不到回来的路，于是他让她从自己衣裙上撕下一条，在他的血里浸过，顺着脚步一路滴去，沿途留下记号。她就照着这话去做，但这时开始下起雨来，冲掉了路上的血滴。她找不到回去的路，在山里徘徊着，最后遇到一只乌鸦和一头熊。乌鸦告诉她，它刚刚啄出了受伤人的眼睛。那头熊承认，自己把那人的脑袋拧下来了。于是她飞奔而去，尖叫声穿过雾霭重重的群山。

“真是太可怕了！”马克斯关掉录音机大声喊道。

这一天，我们剩下的时间都在转录这首民谣。毫无疑问，我们还得在这上面花好几天时间。

2 月 28 日，于野牛骨客栈

我们不耐烦地等待（即使不说焦虑）那个游吟诗人回来。

有时候我们很怕会把自己埋在这个史诗的世界里，丢失了我们来这里的主要目的。我们是荷马学者，这是我们一再告诫自己的，每一天，提醒自己我们来这儿不是为了阿尔巴尼亚史诗，而是试图解开荷马史诗中的奥秘。

说起来容易做起来难。尽管我们自己心里明白，但史诗确实引人入胜。而且接下来我们遇到的问题比草根歌谣更纠结。譬如，我们现在鉴定了艾库娜传奇——关于慕杰的妻子的——另外两个版本，但那两个版本讲述的故事却很不一样。这大抵与前荷马史诗时期海伦遭受强奸的案例相同——直到荷马出手，从诸多版本中选择了一种。

荷马史诗的叙述本身暗示了这一点，关于海伦地位的早期传说有过各种不同看法。王后被强奸这整个故事是相当含混不清的。她是出于自己的意愿跟随帕里斯而去，还是先被掳去，后来才爱上他的？也许她从未爱过强奸她的人，只不过是他的一个奴隶！也有另一种可能，她最初被帕里斯所迷惑，但觉出自己被耍弄之后，爱意消退了？抑或是他先爱上了她，然后感到自己的激情衰退了，这种事例难道还少见吗？

荷马设法把所有这些问题都悬置了起来。无论特洛伊战争期间还是之后，对于海伦的私奔之谜，他从未给过一个最终的解释。对于所有发生的事情，你能找到的只是悔恨的程度，而且那种情绪只是轻描淡写地带过。至于她对斯巴达国王墨涅拉俄斯，她法律上的丈夫，态度也几乎是模糊不清：

我们不知道她是恨他，憎恶他，还是爱他。

虽然每一种关于艾库娜地位的叙述都有所不同，但阿尔巴尼亚民谣的不同版本却都有各自明白易懂的特点。在某一个版本里，艾库娜被慕杰的斯拉夫敌人掳去为奴，像其他囚犯一样等待解救。但另一个版本中，她迷上了劫持她的人，后来成了对方的王妃。那人不仅抛弃了妻子，还强迫她用牙齿叼着火把，照亮他和艾库娜做爱的初夜之床。这个版本没有提到艾库娜本人的感情；但是另外两个版本中，这种感情却被清晰地刻画出来。一个版本是，艾库娜尽管成了王妃，却仍然保持对第一个丈夫的忠诚；而另一个版本是，她刚被掳去就爱上了那个带走她的人，而且，当慕杰来拯救她的时候，她还毫无心肝地欺骗了他。这就是那个游吟诗人吟唱的版本——遭背叛的慕杰，被迫戴着镣铐，用牙齿叼着松枝火把，照亮爱人欢愉之床。

显然，这四个版本的艾库娜，都部分地交织了特洛伊的海伦叙事，或者说，特洛伊的海伦是这四个不同形象的混合体。当荷马描绘她的时候，海伦是一个相当混乱的人物，而那个墨涅拉俄斯的行为也还是模糊不清的。

3 月 1 日，于野牛骨客栈

太阳明晃晃地照耀着，却没有一丝暖意……

天气很冷，但我们已经很满意了。我们终于发现了希腊-伊利里亚-阿尔巴尼亚叙事的原初架构的一个共通根基。中世纪的阿尔巴尼亚诗人一直声称它已存在几百年了，不过诗人总是这样说，他们只恨自己的声音来得太晚。

我们试图让自己钻进荷马的躯壳，去探个究竟，他究竟凭借何等强力手腕来摆弄这个冒泡的大锅——那些艺术素材和创作因子都一锅煮了。

心存已久的担忧仍不时地浮现脑际：我们是否正迷失在一个大旋涡里？另一个担忧，是更实际的担忧：我们见过的第一个游吟诗人还会再来吗？

3月3日，于客栈

在那个拉胡塔歌手如期返回之前，我们简直度日如年，不过后来居然又有两个游吟诗人不期而至。我们实在是太幸运了，斯特杰凡告诉我们，这么短的时间内连续见到这么多歌手，可能需要再隔一段时间才能见到他们了。有个歌手非常木讷，几乎不说话，就像所有那些高地人一样，但另一个却显得焦躁不安，像是有些神经质。他楼上楼下不停地乱窜，一会儿走到门口，望着外面的路，好像在等着什么好消息或坏消息。奇怪的是，斯特杰凡跟他们商量了一番，那个焦躁不安的歌手居然同意为两个外国人吟唱。

跟预期的情况完全相反，他告知他的吟唱不用拉胡塔伴奏。他没有解释为什么这样。是他的乐器弦断了，还是他的手不太好使？每个人都坐下来静静地围着他，就像上回的演出一样，但开始吟唱前，游吟诗人举起右臂，张开手心，平坦的手掌抚住自己的颧骨，贴在耳边。从他后脑勺看过去张开的五指就像一个冠饰或一把梳子——比尔和我两人惊讶地窃窃私语，Majekrah（翼尖）！我们亲眼见到了，就在我们眼前，这是一个难以转译的名词，我们从学术典籍中获知有这样一种古老程式的手势表达。

歌手开始吟唱前，沉默持续了好长时间。他的吟唱以下述歌词起头：

今天我将重新讲述一桩古代的血债——

世间从未有人能原原本本从头复述……

马克斯和我齐声喊出来："这是掌旗官佐克的歌谣！"

的确是那首让人魂牵梦萦的歌谣，而且内容更多，这是一个完整的版本。自从对阿尔巴尼亚史诗产生兴趣之后，我们梦寐以求的就是聆听这首歌谣。德国学者把这首曲子称作"阿尔巴尼亚的《俄瑞斯忒斯》"不是没有道理的。它有着古典戏剧所有的元素：母亲的背叛，姐妹煽动自己的兄弟弑母，包括复仇女神，包括上天的报应……

吟唱结束时，我们问他何时能够返回，可让我们大吃一惊（也让斯特杰凡和别人大吃一惊）的是，他回答说他永远不会再到拉夫什来了。

斯特杰凡被他的回答弄得目瞪口呆。一个高地人永远离开高原简直是不可思议，更糟的是，这是一个坏兆头，可怕的灾难就要降临的前兆。

“我们生活在一个糟糕的时代，”斯特杰凡说，“最坏的事情要发生了。”

3月

小客栈空了。我们继续工作，但不时陷入沮丧。第一个游吟诗人还没有出现。

他的返回对我们来说至关重要。我们当然录下了另外两位游吟诗人的歌谣，也完成了转录工作，但如果第一个不再露面，那会是一种情感上的受伤，就像初恋在你心上造成的伤害一样。

斯特杰凡看着我们的眼神一直有些内疚。显然对于这种长久的等待，他比我们还要着急。有时候，他会走出去站在门口台阶上，望着消失在雾霭中的小路。情况看上去不怎么乐观，尤其是下雨天。

昨天，我们下楼喝早餐咖啡时，听见一阵异乎寻常的噪音。远远地传来嗡嗡的声音。我们走出去看怎么回事。斯特杰凡也出来抬头望着天空。

“那是民用飞机，每个月从这里飞过两次。”他说。

“运送旅客?”

比尔和我互相使着眼色，我们猜测的眼神没有逃过斯特杰凡的目光，他向我们走过来悄声说：

“别担心。在那上边儿——”他朝声音传来的地方做了个含糊的手势，“高原上没有飞机场，就算有的话，高地人也根本不会坐飞机。”

“噢，是吗？”马克斯问，“那是为什么？”

“有许多原因，相信我，”斯特杰凡回答，“不过让你知道一个就够了：坐飞机花的钱是一个高地人两三年的收入。”

我们点点头表示听懂了。

“所以嘛，他会回来的，不会失信的。”斯特杰凡说，强调着每一个字。接着，他的声音变得有些迟疑了。“除非……除非他死了。”

第七章

事实上，客栈主人的预言没有落空，那个游吟诗人回来了。事情发生在一个阴霾笼罩的郁闷日子。一切似乎都冻僵了，而吟唱的事儿仿佛也被永久遗忘。那人看上去疲惫不堪，两个爱尔兰人很想知道他究竟发生了什么事情，但他们不敢问。他们甚至不敢奢望此人会再度表演；他们关照客栈主人别去提醒歌手先前许下的诺言，但斯特杰凡摇摇头，叫他们别那么想。歌手一定会唱的，他有言在先，他得信守诺言。歌手什么都没说，纯粹像履行一桩义务似的，坐在麦克风前的木椅上开始唱第一首歌谣，接着又是另一首。

吟唱者一离开，比尔和马克斯就开始把新的录音和原先的录音进行比较，他们一直忙到深夜，第二天又继续这项工作。他们看到歌手憔悴的面容和筋疲力尽的神态，原以为第二次表演会出现许多字句增损的痕迹。马克斯录下自己用英语说的一段话，作为这盘录音带的标题："歌谣系同一个歌手于两周之后吟唱，他在那段时间里似乎遭受了某种精神打击或是经受着沉重的压力。"

可是，让他们极为吃惊的是，两个录音版本居然高度一致。

在长达一千行的诗篇中，只有两处遗漏；而慕杰被戴上镣铐那一幕中的歌词——

过火松枝的灰烬
抹黑了慕杰的下巴

在后来重唱时变成了——

过火的松枝的灰烬
跟他嘴里的唾沫混在一起

两人就这些变易的原因做了详尽讨论。一方面，对于长达一千行的歌词而言，这些不起眼的增损似乎完全可以忽略不计，也在意料之中；但另一方面，这种改变可能表明歌手在精神低迷的状态下，歌唱时带入了自己的悲情。

后来，他们把这种阐释搁置一边，认为这应该是相对次要的问题，转而将注意力更多地集中在变动的歌词上。这真是让人惊讶。期待已久的自由变体，第一次出现在他们眼前！它就在这儿，不是作为一种理论建构，而完全是一个活生生的对象。这两行歌词的变易，文本中这点罅隙，是“遗忘”的第一个案例，活生生地诠释了史诗流传中的“遗忘”机制。他们简直着迷了，不厌其烦地比对二者异同和缺失部分，突然间，一切都有了希望。他们手里已经抓到了解决荷马史诗谜团的主要线索：一个吟唱者仅在两周之后就出现了怎样的变化。那么数年之后，或是一个世纪乃至五百年之后，那会产生多少由于“遗忘”造成的案例，况且不仅只是一个吟唱者的表演，而是一整个群体，从这一代传到下一代的文本，又会发生什么？“遗忘”机制这就突然异乎寻常地放大了，他们试想用自己的脑力去处理如此庞大的工作量，只觉得脉搏在太阳穴里突突跳动。

* * *

他们接到总督和他妻子送来的舞会请柬时，还完全埋首于工作之中。一开始，他们不能真正理解这是怎么回事，因为这种交往似乎有些奇怪，有些不合情理，因为彼此实在不相干，话都说不到一起就更显得荒唐。他们两个都说“不去”，本能地冲口而出。“要我们去干吗？肯定是弄错了。”他们确实不能理解为什么要邀请他们去跳舞，心里跟自己说肯定是请柬上把别人的名字跟他们搞混了。但是，请柬上手写的名字确实是他们。而且，总督的长鼻子豪华轿车就停在客栈门口。不仅邀请他们去参加舞会，而且还派车来接他们！他们打算重申一下拒绝的意思，不过他们模模糊糊地记得抵达 N 城的第一个夜晚聚会中间提到过舞会的事儿，再说，这整个地区，也许还有这个小客栈和那些流浪歌手，都在总督掌控之下……

半小时后，他们各自换上了深色西装，坐进一辆有专职司机的老爷车里，穿过一片雾霭飘荡、看似遍布谜团的平原，天色已渐渐暗了下来。一路上那些幽灵般的干草垛总是猛地出现在车灯前边。比尔不时压低嗓子咕哝道：“噢，上帝啊，我们这是去哪儿？”他得定下心来想想，这才意识到自己是在赶赴本地总督的舞会，可是每次都是刚刚想到这上边，思绪就飘逸开去，想象着四周隐藏着无数的危险，这些危险长久压在冰雪下面，可是现在，它们从沉睡中顽强地苏醒了，这就更加令人担忧。

他听到马克斯凑近他耳边悄声说：“我从来没见过这样的夕阳！”

这真是一幅相当独特的日落景象，天幕上仿佛涂抹着黑色墨水，抹去了所有闪闪烁烁的耀斑，遮蔽了所有的光源，不留下些许温柔的痕迹。一个美妙的夜晚要被绑架了！比尔心想。总督的妻子——或她的丈夫——她，或是他（这取决于你听到的是哪一个吟唱者的版本）嘴里咬着火把……噢，那些史诗真能把你弄得神经兮兮！

比尔看到远处小城星星点点的灯光，释然地叹了口气。总督宅邸门前灯火通明。走进客厅，他们发现这儿的客人与第一次造访时见到的是同一拨人，也有几个新面孔，大概都是本地上流社会的头面人物。

“我们非常高兴能够再次见到你们。”总督把他们介绍给别的客人，“这是本地的妇产科医生……这位律师，还有他的太太……

拉罗克先生——对了，你们已经见过了，不是吗……邮政局长你们也见过。能够再见到你们真是很愉快。这位是地区征兵公署署长……这是我妻子。”

过了一个小时，两位外国学者仍然觉得自己跟这儿格格不入，就和上一次抵达时的感觉一样。他们也像别人那样手里端着玻璃酒杯，他们甚至还跳了舞（只跳了一支曲子），但他们确实觉得自己实在无法融入这样的环境。这里所有的一切似乎都是假模假式的造作，假得很荒唐。他们意识到，要让自己跳出史诗的世界，装作很享受舞会的样子实在很困难。女人们在角落里打量着他们的侧影，一边悄声低语，大概是在对他们品头论足，那倒没什么关系。两个外国人全然一副心不在焉的样儿，他们还惦记着客栈那头，惦记着那儿的人，那些人的衣着，那些人的神态，还有他们的行为方式，都跟眼前的人们大相径庭……

比尔靠在大理石壁炉架上，思绪又回到羁留客栈的那些旅客身上，他们的服饰设计都带有风雪冰霜的意味，作为装饰的镶边似乎是一种机织的闪电图案。

至于坐在总督舞会沙龙里的这些人，他们据称都是 N 城有头有脸的人物，嗯，不过是一些稻草人罢了，是荒唐可笑的官僚们。他们让你忍俊不禁，让你厌恶至极。

女主人侧着身子靠过来，对比尔说：

“你看上去好像不太自在。你肯定感到厌倦了。这里是穷乡僻壤的小地方，你还能指望什么？”

“太太，我并没有感到厌倦。”比尔说，他真是不知道该怎么回答。

实话说，在这整个哑剧中似乎只有她跟别人有所不同，再说他可不想得罪她。

她那双水汪汪的眼睛，明亮而柔顺，凑过来看着他，似乎流露出分离几周的苦涩。甚至捏着酒杯的手上闪耀的戒指都透着女主人内心的几分渴念。

比尔嗅出她的香水味，他突然有一种冲动，很想问她这样的问题：怎么会有两个迥然相异的阿尔巴尼亚同时存在，在同一个地方，同样的时代？——世代相沿的阿尔巴尼亚，承受着与民族自尊相偕而来的悲剧命运，他不只是从史诗中了解到这一点，也得知于寄宿路边客栈的人们；而另一个阿尔巴尼亚，是他在这里看到的情形（他对此只能感到抱歉，但他看问题就是这么直截了当），他发现只不过是一场哑剧表演。

“你像是在梦游……”她说，“你什么都不说，却沉浸在梦境之中。不过我看人的口味就喜欢这样……”

“我确是不知说什么好，”比尔回答，“事实上，我想问你一个问题。”

他发觉她手指上的戒指颤抖了一下。也许她并未理解他的意思。很可能她对另一个阿尔巴尼亚一无所知。说实在的，任何人都会高度怀疑它的存在。那个古老的阿尔巴尼亚真的为他所了解吗，抑或他的看法仅仅来自诗人的呓语？

他拿起搁在壁炉架上的酒杯，啜了一口，又放回去。他曾在一位阿尔巴尼亚年轻作家的书中读到一段关于高地人的论断，说他们看上去是那么勇敢和桀骜不驯，却很有可能一夜之间就匍匐在国家强权面前。然而，从一个长期的历史过程来看，事情又完全是另一种情形。关于这一点，没有什么真正能让人惊讶的。难道荷马时期人们的行为方式也带有史诗风格？那么荷马本人呢……一个可怕的幻象（就像你看见自己跟母亲睡在一起）攫住了他的意识，一直挥之不去：荷马刚刚吟唱完《伊利亚特》第二卷或是第七卷，就一门心思在算计自己能得到多少报酬……只是听说阿尔巴尼亚的游吟诗人完全不计较任何形式的报酬，这才让他从那种痛苦的幻觉中摆脱出来。感谢上帝，那仅仅是一个猜想！

“你想跟我说什么？”戴茜悄声问。

他盯着她的眼睛看了好一会儿。要是他把自己心里刚才在想的事告诉了她，尤其是她，这位 N 城的第一夫人，那他准是发疯发到家了。

他们一坐上回客栈的车，他就跟马克斯说了自己的担忧。因为总督其他那些客人在回家途中肯定会对这两个外国人大肆议论，说他们不懂交际，缺乏文明意识，又故作矜持，或者干脆就叫他们蠢货。

比尔说话的时候，眼睛一直盯着远处，稀疏的灯光闪闪烁烁，只是给这黑夜带来的可怖与死亡气息营造了更强烈的氛围。

他等着马克斯的回答。但马克斯一声不吭。他肯定睡着了。

第八章

3 月 14 日，野牛客栈

我们期盼着天气能暖和一些，可是突然间，冬天又报复性地回来了。

幸运的是，严寒并没有妨碍我们录制更多的带子。他们中间有些吟唱者重录了同一首歌谣，这是我们的主要成果。

我们关于“遗忘”的假设基本上被证实：没有一次重录和第一次的版本完全相同。隔了一周或更长一段时间吟唱起来就有所变样（我们没有更短时间段的物证支持），每首歌谣都出现了遗忘进程的初始迹象。

这种迹象难道预示着一首诗篇最终将走向消亡？这是终将扼杀歌谣的病变根源？抑或正好相反，其浆汁能够保护歌谣免受年湮世远的损耗？据我们的看法，似乎后者的推测更接近于真实状况。

于是我们开始寻找证据，在纽约的时候我们就隐约产生了这种推测：

口传史诗内容的遗失无关乎人脑的记忆力极限。

“遗忘”属于创意的构成部分。

就像生命体的新陈代谢一样，口传史诗也一样，衰亡是其生命进程的保障。

我们最初提出的问题——“遗忘”是有意为之还是纯属意外？——现在看来似乎太天真了。迄今为止，吟唱者没有一个人回答这个问题，但也并非无人作答，每一个被我们问到这一问题的人，似乎都不太理解这个问题。对我来说，似乎两种“遗忘”都是过程的一部分，但它们彼此关联的方式仍然不可思议（在这种工作中可谓有如神助!)。

我必须说缺失只是硬币的一面，另一面，史诗结构的变化与增损有关。拉胡塔歌手经常遗漏歌词，同时也经常添加歌词。

于是，我们必须面对一个显然非常重要的问题：在一个给定的时间段内，遗失的概率会是多少——十个星期，十年，二百五十年，一千年……

乍一看，你会觉得史诗本身处于一种不断再生却又进而衰变的状态；然而，从史诗发展的整个过程来看，情况显然与这一观点相抵牾。

我们做了一些简单的概括，其结果让我们大吃一惊：

歌谣中关于慕杰妻子的背叛，以两个星期为期，其改动幅度大致是千分之一。以此概率计算，两千个星期以后，也就是说四十多年后，这首史诗就整个儿改头换面了。但实际情况远非如此。

那么，这到底是怎么回事呢？

我们绞尽脑汁思考这个问题，最后得出的结论是，更多的遗漏和添加是不存在的，这种现象应该改称为“伪遗漏”（pseudo-omissions）和“伪添加”（pseudo-additions）。

换句话说，那些看上去是新的诗句，大多是游吟诗人还原先前的遗漏，正如遗漏的正是一度添加的部分，添加是出于诗人自己未曾意识到的某种原因，而遗漏则是有意从自己的文本中清除出去。如此循环，无限往复。

等到我们采集到几十首乃至更多的歌谣录音，也许我们就能站在更有利的位置上阐述这种记忆与遗忘之间的关系了。更多的物证能使我们透过表面现象来区分真正的删减和增添。

但是同样，那种规律也并非是一个简单的过程。我们怎么能够知道是什么原因，又通过什么神秘方式，使得一行诗歌被遗忘而湮没，多年之后又重新现身？且不论这样一个事实，即这种增删现象并非只限于某个吟唱者表演的全部歌谣曲目，好似有一股潜流在带动似的，这个吟唱者所省略的诗句，会在另外的时间和地点被另一位吟唱者所复原。史诗碎片似乎能够爬出坟墓（诗人的躯体在那里面都腐烂了多年）穿过地表，进入到他人的歌谣里去，好像死亡一点都没有改变什么。

3月中旬，于客栈

听觉对于口传诗歌的作用之短札；耳－目之关系；Majekrah（翼尖）：

德国的阿尔巴尼亚语学者最早描述Majekrah（翼尖）这种古老的手势（曾发表过一幅速写），他们提出，这种手势也许只是对生理需要的一种回应。未做更多的解释。

我们相信对此必须有更深入的了解。我们询问客栈主人，他认为这种手势是什么意思，比如说，是不是与某种古老的仪式有关，或是具有某种意味深长的象征意义，他只给了我们一个最含糊的回答，或多或少与德国学者的解释有些相似。表面上，游吟诗人在吟唱时需要闭耳摒除其他声音：因为在演唱时需要调节声音，他们的发声共鸣部位不在胸腔而在头颅，他们还需要保持身体的平衡，以防止歌吟时出现晕眩。

“你们真是不能想象吟唱史诗歌谣有多么困难，”客栈主人说，“很早以前，我自己也试着唱过，但后来半途放弃了。唱起来你脑袋里就像响雷似的，又像是雪崩的声音。如果你不能适应，没准儿就疯了。”

毫无疑问，口传史诗首先是一种听觉的艺术。今天能够让我们理解文学的眼睛，在荷马时期并没有多大作用。它甚至可能成为一种障碍。荷马被想象为一个视力缺失者并不是一种巧合。

事实上，游吟诗人大部分都是视力不佳者。他们所有的人都对自己的眼睛有着某种程度的轻视，这是可以设想的一种推论。也许他们用了某种（只有他们才拥有的）秘密方式任由自己的视力不断衰退？（德谟克里特是盲人，就因为他的眼睛与全神贯注的思维相抵牾，是这么回事吗?）

不过，设想那些史诗吟唱者有如盲人一类，也许只是出于一种信条，有必要隔开艺术与日常世界来验证。盲人，或至少是视力不佳者，是史诗生产机制的一个构成部分。毕竟，盲人的记忆力难道不是被认为和视力正常者不一样吗?

这些都是相当有趣的观点，但首先，我们应该确定，如今的拉胡塔歌手是否真的都是视力不佳者。制作一副眼科医生使用的视力测试表对我们来说并不困难。

3月21日，野牛客栈

太好了！我们已经完成了一系列的录音，他们之中有些人已经重录过一遍了。

我们决定系统地检查一遍口传内容，也就是说，一个吟唱者如何引入另一个人的材料，而这种转借对所有曲目会产生怎样的影响。为了进行这项工作，我们需要创建一套可以用来进行比对的录音资料，比如说，吟唱者A与B演唱同一歌谣的版本异同，B对这首歌谣不熟悉，但他从聆听A的演唱中学会了。

这事情做起来可不容易。主要是因为那些拉胡塔歌手都相当别扭而且不肯通融。

口传史诗歌谣的传播必定遵循它自己的一套规律，这跟如今出版作品的方式截然不同。但是，口头传播肯定也有类似于今天那种“一夜走红”“屡经挫折”或是“名满天下”的情形。

但这只是第一步。找出一首歌谣从一个吟唱者到另一个吟唱者的变化是不够的。我们还须尽力发掘，从一代歌手传到下一代的时候歌谣发生了什么变化；从一个时期转到另一个时期，这中间又发生了什么变化；或者，甚至在经历了两个差异很大的时代之后，史诗又发生了怎样的变化。

但是还不够。因为史诗存活于两种不同的语言中，其间产生的问题更是缠结难分。这些史诗的双语现象使得每一个被涉及的问题变得难上加难，而我们目前对于如何处理该学科的这一方面还毫无头绪。这些史诗似乎建构了这世界上独一无二的艺术形式，这么说吧，这种艺术形式存在于一个双生世界。不过，要说它们是双语或双生现象，却又低估了这个问题的尖锐性：它们存活于两个敌对民族的语言中。塞尔维亚人和阿尔巴尼亚人，他们在一场罕见的悲剧决斗中，用完全相同的方式将史诗变成了一种武器。

在这两种语言中，一首歌谣表达为任何一种语言，就像同一首歌谣在另一种语言中的颠倒版：成了一面魔镜，使一方的英雄成为另一方的奸雄，使一方的黑成为另一方的白，所有的情感——痛苦、欢乐、胜利、挫败——都正好颠倒反转。

以为两个民族各自独立创作史诗的想法，实在是太孩子气了。他们其中的一方必定是原创者，而另一方是在搞“山寨”。我们自己非常确信这一点，鉴于阿尔巴尼亚人是半岛上最古老的原住民，他们肯定是口传史诗的原创者。（事实上，因为他们的版本更接近荷马模式，所以我们倾向于认同这个观点。）但我们不会让自己卷入这个争端，或是参与任何使我们偏离主要目标的事务——我们的目标是揭示荷马史诗的表现技巧。我们之所以要处理这个双生问题，只是因为这一问题牵涉到“遗忘”机制，牵涉到变体的构成，以及史诗的传播过程——仅此而已。

马克斯在壁炉架上贴了一张字条，上面写着：最重要的是，我们首先是荷马学者。

3月，于客栈

将现实事件转化为一首史诗——“荷马化”：

我们不断地回到这个主题上，它带出了许多问题。例如，根据什么评判标准来决定现实中哪些事件可以转化为史诗素材？被铭记的过程是怎样开始的，其后怎样将它转化为一个不朽的故事？被剔除的那些无足轻重的部分——细枝末节和偶发事件——都是什么内容？是什么样的古老配方和诗意模式充当了防腐的油膏？

为了把一个真实事件与它的荷马化版本做比较，我们寻找那些可以找得到的晚近发生而被转化为歌谣的事件素材。一共只有十二行，与1878年柏林会议[①]有关，没有更多的了。那些史诗就像寒冷天气里躲藏在雾中的九头蛇一样，不敢向我们的时代再靠近一步，似乎就停滞在那个年份了。为什么是1878年？是什么原因阻止它们向前推进？是什么吓跑了它们？

看起来口传史诗似乎一直都谨慎地不敢靠近现代世界之岸，这真是太奇怪了。

我们编纂了一份相当详尽的柏林会议档案：会议日程，与会国的发言，强权国家对奥斯曼帝国和对阿尔巴尼亚的态度，做出的表决；我们甚至对会场外的幕后活动也做了摘记。这些真实的事件似乎就像一具尚有余温的尸体，旁边摆着由歌谣提供的另一具木乃伊版的干尸。

我们想搜寻一些时代更近的事件，但是没有成功。我们非常惊讶地发现，关于1913年，在口传史诗中仅仅只有一行，那是阿尔巴尼亚被肢解的黑色年份[②]，本来应该以游吟诗人的全套歌吟来回应这个事件！由此相当肯定地表明，口传史诗艺术确实已经得了随着岁月流逝而愈益严重的关节炎疾患。

3月，于客栈

① 1878年柏林会议：即德国、英国、俄罗斯等欧洲大国与奥斯曼帝国为重建巴尔干半岛秩序进行的和谈，与会国签订了《柏林条约》，其中承认塞尔维亚、黑山独立的条款对阿尔巴尼亚不啻构成了威胁。

② 指第一次巴尔干战争结束时，阿尔巴尼亚人居住的科索沃地区被划入塞尔维亚。

史诗中改变的是什么，保留的又是什么？是否存在着若干世纪以来为确保艺术形式完整而不变的核心素材？

迄今为止，我们相信“修辞”担当了锚定的角色，是那种语言的模式或固定形式，或者，换种说法，语言修辞是进入史诗素材的基本模式。

所以我们确信，在那座古老的实验室中，语言方式本身是不变的，所以才确保了诗歌产出的同一性。

但是，我们的研究进程越深入，我们就越多地看到，就像实验室本身一样，修辞和语言规则也会发生改变，只是改变的频率非常低，以至难以觉察，就像我们自身年华的老去。

第九章

比尔和马克斯被研究中呈现的那些超乎常理的思路折磨得精疲力竭，于是他们又回到更简单更具体的问题上来，诸如游吟诗人的个人生活对于歌谣增损所产生的潜在影响。比方说，如果某个拉胡塔歌手属意于强奸慕杰妻子的妒忌主题，那么，对它的解释就有可能隐藏在那位歌手自己的灵魂里。如果能对此类案例做一番细节完整的调查那就太棒了，不过这是一个无法实现的奢望，因为他们清楚地意识到，那些高地人不会接受任何涉及私人生活的问题。如果能把一切事情都搞明白就好了！比如说，为了诠释一支送婚队伍在穿越山区时被冰雪困住的段落，他们十分渴望了解游吟诗人自己的婚礼细节，所遇到的危险，他本人所经历的担忧，等等。如果掌握了所有这些由不同的游吟诗人提供的信息，学者们在评估各个版本的“悲剧比值”时，就能建立一个特别有价值的衡量标准。

随着一天天过去，他们开始注意他们自己生活中记忆与史诗叙事的对应关系。他们半开玩笑半认真地开始谈论以往各自每一天的生活片段。有的发生在爱尔兰他们自己家中，有的是在纽约电话亭和酒吧里，再是马克斯结婚时出租车行驶的路线，以及某一个周末，他的妻子给他留下字条说是去看她父母了，而他怀疑她是去会见旧情人。比尔则回忆了他母亲的再婚，那是一段痛苦的回忆，十五年来一直在折磨着他。一点一点地，他们锻铸了自己整个人生的口述史诗的强大铁砧，到了黄昏，他们可以看见翡翠岛[①]的绿色草原和曼哈顿的摩天大楼衬映着现在已非常熟悉的诅咒山的背影，他们至今尚未踏足那座山峰。

是外面开始下雪了，还是他糟糕的视力看错了？比尔凑近结霜的玻璃窗，真的是下雪了。一片片薄薄的雪花飘落下来。马克斯正忙着摆弄录音带。

自从斯特杰凡跟他们说过，他们的机器惹出一些流言蜚语，他们工作时就尽可能调低音量。有一次，录音带倒带时发出可怕的尖啸声，吓得楼下一个客人大喊大叫，说楼上杀人了，有人正在被绞杀，脖子就要被拧断了。客栈主人拼命安慰那人，向他说明情况，可是一点用都没有，那人更生气了。

“我们歌手的声音被弄成这副模样了？这哪像是人的声音啊，根本是魔鬼的声音啊！你的意思是就让这种可怕的东西留在你客栈里？斯特杰凡，你该为自己感到羞愧！”

那人离开客栈后还在路上大叫大嚷：

“小心点，斯特杰凡！你让魔鬼进了屋子，听见了没？”

---

① 翡翠岛：爱尔兰的别称。

尽管客栈主人没有把他跟客人的全部对话都告诉他们，但他们已经很恼火了。不过，冷静下来后，他们安慰自己说，除了对他们工作的非难，不可能有更好的指望了。几年前史诗文献的结集出版，以及现在他们的录音，是游吟诗人行将绝迹的先兆。他们将变得越来越边缘化，很快，随着时间的流逝，这些“歌谣承载者”会越来越少，以至最后完全消失，就像日常生活的技术化进程使得马路上的扫街人成了多余的职业。

他们正在讨论这个话题（比尔认为“歌谣承载者”这个措辞听上去似乎很动人，但并不确切，因为那些游吟诗人不只是承载者，他们的偏好会对整个凝滞而锈蚀的口传史诗机器产生很大影响），这时传来一阵熟悉的敲门声：是斯特杰凡。甚至没等他们明白过来他手里那些信封是寄给他们的，那些斜对的红蓝色条纹就已让他们的心乐得怦怦直跳——他们收到了来自家里的消息。

信确实是他们的。这么说邮局没有忘记他们，追踪他们直到天涯海角。他们撕开从客栈主人手里拿过的几个信封，把里面的东西统统抖搂出来。

“瞧，马克斯！”比尔从其中一个大信封里抽出几张剪报。

“报纸！”马克斯望着剪报咕哝道，“是说我们的事儿？”

有那么一会儿，他们干脆把信扔在一边，两个脑袋凑到一起浏览报纸标题：

这是荷马之谜的终结？有几条消息来自《纽约时报》和《华盛顿邮报》：**一次奇异的冒险之旅——深入据信是至今尚存的荷马**

史诗摇篮之地。还有两张剪报是《波士顿邮报》和《芝加哥先驱报》的报道。

“现在我们的工作已经在外界传开了。”比尔说。

他们把所有的剪报都读了几遍。有些记者的报道持赞赏态度，有些则正好相反。其中有一篇文章把他们悄然离开纽约的征程比作堂吉诃德和桑丘某天早上离开自己的村子踏上的那条悲喜交加的冒险之途。不过这篇文章没说他们当中谁是骑士谁是侍从。

他们工作中需要休息的时候，也会断断续续地留意一下小客栈，发现小客栈也有自己的生活，而且似乎显得相当古怪而不可理解。楼下似乎总是笼罩着一片窃窃私语的神秘气氛。那些阿尔巴尼亚高地人都是沉默寡言的家伙，他们从来不多话，也不大声笑。他们很少出现在人前，一露面就像幽灵那样倏然消失。

马丁有时跟马克斯和比尔说起一些事情。一天晚上，来了一伙鬼鬼祟祟的人，显然是被人跟踪了。这些人刚离开几分钟，皇家警队就现身了——几乎是踩着逃亡者的脚后跟赶到。天晓得真实情况是怎么回事。

还有一天，几个从黑峡谷来的高地人抬着一个病人要送医院，他们要在这里住一夜。两个爱尔兰人天亮时下楼喝咖啡，看见那个不幸的人仍然躺在担架上。他的脸像是蒙了一层死神的面具。他们问起他生了什么病，伙计马丁很有把握地说肯定不是传染病。

“他们怀疑他的影子关进去了，”他解释说，“如果是这样，那就没必要送他去地拉那。他治不好了。”

“你说的‘他的影子关进去了’是什么意思?”马克斯问。

马丁试着向他们解释，那是一种致命的恶疾。患者是一个石匠，在建造库拉的时候（库拉也就是你们在阿尔巴尼亚山地看见的那种圆塔），他的工友显然是把他的影子砌到墙里去了，说不上是有意还是无意。那倒霉蛋的影子正好落在对方将石块砌入的墙体上。高地建筑通常要避免将影子砌进墙里，好像那就是个魔鬼，因为他们非常清楚，如果你的影子被砌进一堵墙里，那么你就铁定要被关进死亡的囚屋了。躺在担架上那人就是这样，他们说他是个新手，一点经验都没有。

“你们都看见了，”马丁说，“不管他们是有意还是无意，他们把他的小命给夺走了。真是可怕，真是倒霉。你想想，他还不到二十岁啊!”

两个爱尔兰人面面相觑。

“可是，也许并不是这回事呢?”比尔问，“你也说那只是一种怀疑。”

“当然只是怀疑。要不然他们干吗要花力气把他送到城里去?”

“这种事情真古怪!”两个学者回到楼上房间，比尔嚷嚷道，“真是老掉牙的恶疾，对了，更准确地说，对那种恶疾的解释太陈腐了……简直让你毛发倒竖!”

午后低斜的阳光照在录音机的金属箱子上，反射出一种诡异的光泽。比尔和马克斯尽量不去看它，尽管他们内心不想承认，但他们知道这机器正是他们焦虑的根源，这种难解的、无以名状的担忧一直在吞噬着他们，不能说是破灭的恐惧，却并非逻辑可以解释。

* * *

有一个星期六，他们早上散步回到客栈，看见马丁正在给一匹马卸下鞍鞯。他说有人来看他们。正在房间里等着，有话要跟他们说。

那是一个高个子男人，身上穿的衣服像是修道士的长袍，一张欢天喜地的红扑扑的圆脸，朝他们绽开粲然的笑容，想来这应该是一个好性情的人，因为他眼里没有一点疑虑的神色。据马丁说，他会说英语、阿尔巴尼亚语和塞尔维亚-克罗地亚语。

“我是从这儿路过的，因为听说了你们的事儿，听说了你们投身的工作。”他一边说着一边轮流朝两个爱尔兰人做着笑脸，“我得说，这是一项了不起的工程，所以我想来看看你们。我自己是塞尔维亚人，来自佩奇[①]主教区，离这儿很远的地方。我是去斯库台办点事儿——修道院的事情!”

“我明白。”马克斯坦诚地说。

“是这样，我想告诉你们，”修道士接着说，“以前我有机会搜集一些史诗，这儿那儿都去找过。当然，只是在我有限的能力范

① 佩奇：科索沃西北部城市，有建于13世纪的佩奇修道院。

围之内，利用闲暇时间。我们修道士对这种事情有时会投入一点兴趣。当然，我们只是业余爱好，处理这种事情不可能有专业学者的水准。你难道指望修道士自己就能研究出什么？我们与世隔绝，与外界几乎不联系，这是我们的本分……老实说，我一直渴望见到像你们这样的人，能够一起讨论古代史诗。不过你们肯定很忙，你们的时间一定非常宝贵……"

"不，一点也不忙，"比尔说，"我们也很高兴能跟你聊聊。我们跑了几千英里来到这儿就是为了跟你这样的人接触。"

"而且，跟你聊天一定很有助益。"马克斯也插进来说，一边请修道士坐下。此刻，他觉得自己刚才不应该对他抱有怀疑。"我能帮你什么？"

"谢谢，但其实这应该是我的事情。尽管确切地说我不属于这片地区，我是这儿的邻居，不过我倒并非几千英里之外的人。"

"佩奇在科索沃，对吗？在南斯拉夫边境那边？"比尔问。

"没错。"

他们要了三杯雷基酒。斯特杰凡端着饮料进来时，神色疑惑地看了看来访者。

他们马上开始了活跃而热烈的谈话，就像老朋友似的。修道士听着比尔和马克斯说话，一边惊讶而赞叹地点头，一边说道："原来我们自己的地盘上有这么丰富的材料，却从来没有好好看上一眼……我们这些修道士真是无知得可怜！真是伤心哪！"

喝过第二杯雷基酒，修道士的眼睛眯缝起来，目光也开始变得更犀利了。

“不过，请告诉我，你们的工作只是关注阿尔巴尼亚歌谣吗？你们一定也像我这样知道其他语言中也有这样的史诗，比如塞尔维亚-克罗地亚语。”

“是这样的，”马克斯说，“我们知道史诗存在于两种语言中。但我们目前的研究方向只是在这里。”

“我想唐突地问一下，为什么？”

爱尔兰人迅速交换了一下目光。

修道士的微笑陡然变了一种意味，但微笑仍然挂在脸上。他们从来没见过一个人能在保持神态不变的同时却把嘴里的意思颠倒过来，也就是说，跟原来的意思正好相反。这种相悖的表情使得这个修道士看上去更可怕了。

“我们是学者，”比尔说，“我们绝对无意卷入当地的事务……我说的是巴尔干的争端。”

“绝对不要在争议中选边站队。”驻地拉那的美国领事在一次会面时告诫他们，“在这个国家，不谐之音很快就能演变成一场武装冲突。尤其是事情涉及史诗的传承和渊源这类问题。双方都将此事视为民族大义的核心问题，并且把它与种族起源、科索沃的历史地位，甚至是当下的政治结盟联系在一起。”

领事给他们看了一摞阿尔巴尼亚和南斯拉夫的报纸，笑着为他们做了概要翻译，以使他们对巴尔干式的论战文风有些印象。一旦双方用完了所有想象中可用来侮辱对方的语言资源，塞尔维亚报纸就会宣称，为了欧洲的更大利益，应该把阿尔巴尼亚从本洲的地图上抹去——可想而知，阿尔巴尼亚报纸则认为应该对塞尔维亚实行同样的方针，至于名物来源方面的辩论，双方更是毫无对话的可能，如一方称之为“蛇”，在另一方语言中意思则是“鹰”。

客栈里随后的沉默中，马克斯虽然很想亮出自己的看法，不过他还是摊开手臂说：

“我希望你能理解我们的立场，尤其你作为一位修道士。”

“当然，当然……”修道士说。倏忽之间，他重新敛起脸上散去的笑容，做出起先那种喜滋滋的样子。他继而用富于幽默的腔调说：

“没关系，先生们。你们屈尊和一个可怜愚昧的修士交换了看法，已经赐予我极大的荣耀了。请原谅，请再次原谅我溢于言表的兴奋，如果我有这样不得体的表露。但我想你们会理解我——作为一个塞尔维亚人，我支持自己民族的理由。这是不可回避的，尤其是在这个巴尔干地区。请不要误解我的反应。”

“不会的，我们当然不会误解！”两个学者异口同声回答，“这是完全可以理解的态度，也不仅是在巴尔干，你知道的。”

接下来是一阵短暂的沉默，显然谈话需要结束了。

“如果我没有理解错的话，你们是想通过口传史诗去探究荷马史诗？”

马克斯点点头。

“这么说来，在通常意义上，你们对阿尔巴尼亚史诗，还有阿尔巴尼亚民众，持有极为尊重的态度，是不是?”

“一点没错。”

修道士笑得更灿烂了。他脸上的表情很愉快，甚至显得有些心花怒放的样子。

“我不想隐藏自己的妒忌心。我本来也可以带给本民族的人同样的荣幸。可是我该怎样做呢?”

“说实在，这是无能为力的。”两个爱尔兰人回答。

修道士从衣袍口袋里掏出怀表。

“好吧，好吧，时间过得真快，我该走了，先生们。我会一直听候你们的好消息。”

他匆匆离开了。比尔和马克斯回到自己的房间，从窗口目送他。他骑上马飞驰而去。远处，那匹马似乎在用沉重而暴怒的蹄子叩击大地。

第十章

在有些日子里，他们想象自己已经成功地掌管了阿尔巴尼亚英雄诗篇的广袤领地，将这片大地从四面八方完全围住。可是这种幻觉却很快就破灭了：到了第二天，史诗清晰的边界又模糊起来，飘移开去，再次消散在暗淡的天际。并非仅仅是边界的不确定，而是整个史诗集群的其他每一部分，包括它的内核，都会发生变化。在这种时刻，要说他们真的能掌握这门学科，就像他们能控制一场混沌无序，其中角色、事件和灾难永远都在变换形态的噩梦那样，这可实在是令人难以置信。

伟大的史诗传统本身似乎遭受了灾难性的毁损。断层和裂隙穿过其间；在冲击之下各个支脉整个地碎片化了。悲情英雄在瓦砾堆里重新露面，他们脸上带着无法言说的恐惧。

灾难是怎样发生的？其结果是使史诗传承失去了它的整体面貌，抑或它一直处于诗样的迷雾之中，等待条件适合之机重新凝聚成形？在十几次讨论中，他们为这些问题大伤脑筋，因为这些问题恰与荷马史诗的起源有关。如果希腊史诗的因袭也与此相似，一开始是大量未经整理的诗歌材料，那么荷马的伟大就更加显而易见了，因为在他手里那些材料才弄得整饬有序。人们以为荷马并非史诗的原创者，而将他视为次一等的诗人，这种想法是错误的。完全可以说，他作为编校者的地位要比他仅作为一个游吟诗人来得更加伟大。

两个学者翻来覆去地琢磨着这些问题，他们试着让自己置身荷马的境况，想象着自己在同样环境下从事这样的工作，也就是说，没有书籍或档案卡片，也没有录音机，而且更要命的是，没有视力！上帝啊，他们想，在缺少这一切条件的情况下，他是怎么把《伊利亚特》（或者更准确地说是《原初伊利亚特》）的全部诗句收集起来，并汇编成我们今天看到的史诗的呢？他是怎么做到的？每当他们感觉接近正确答案了，解决问题的方案又立刻消失在地平线上。他们对这些问题的看法时而清晰，时而模糊，就像钟摆在当今世界和最遥远的过去之间来回晃动，就像在潜入深海之前他们先要探出水面呼吸空气。

所有的问题都与H是什么人紧密相连。他是一个天才诗人，还是一个技艺高超的编纂者？他是一个忠实的记录者，一个麻烦制造者，还是一个奠基人？他是他那个时代的出版家，奥林匹亚山的八卦专栏作家，还是官方的发言人？（毕竟，《伊利亚特》的某些片段很像是新闻通稿。）抑或，他是一个领导者，而且就像其他领袖人物一样，他有一个完整的下属团队？抑或，他什么都不是，甚至没准都不是一个单独的人，而是一个团体？这样说来，那个名字也许根本就不是一个叫“荷马”的人，而是一组首字母排列，那个首字母缩略语写成了“HOMER”……

这些念头转来转去，弄得他们自己都笑起来了，但他们并没有就此打住，而是按照这些假设继续向前推进自己的演绎。然而，这些怪异的想法就像一个古瓮，真相的骨灰终究会在这里被找到。荷马可能确有身体上的某种重大缺陷，很可能还不只是目盲，他的残疾还可能是耳聋。耳聋是因为他聆听了数以万计的六音步诗行而导致的吗？说实在的，耳聋与荷马是相当契合。目盲却是对应后来的时代，因为后来书籍就问世了。可是荷马的那些雕像却都是目盲者形象。也许是因为耳聋不太容易用大理石表现出来？也许雕塑家们解决问题的办法是用一种残疾取代另一种残疾？在最终的结论中，难道就撇开了眼睛和耳朵，人类最具特征的这两种一直相互配合的感触器官？

“再这样搞下去，”比尔开玩笑说，“我们最终得把自己的眼睛都挖出来！”

马克斯斜眼看着他。这句话让他深受触动，他并非是觉得比尔的研究思路有误，而是因为他这位朋友引出了视力衰退的暗示。比尔的视力一天天坏下去，马克斯最初曾想过要请总督帮忙，为他找一个眼科医生。但现在看来在 N 城完全不可能，他们得跑到地拉那去。最近一段时间，马克斯总是尽力把讨论的话题从荷马的失明问题上引开去。

他们一再回到那个话题，也即在那场灾难出现之前（他们现在一直用“灾难”这个词，好像这是一个恰当的命名），史诗必定有完全不同的结构形态。如果确实有过什么灾难，那一定是发生在阿尔巴尼亚与土耳其的战争期间。欧洲基督徒与伊斯兰世界在阿尔巴尼亚的冲突比在其他地区更野蛮也更残酷。整个国家都被撕得四分五裂，成了一片废墟，到处动荡不安；它的史诗也必定遭受了同样的命运，整个儿被埋在了瓦砾堆里，吟诵诗歌的传统也成了禁忌。那些通晓史诗的游吟诗人都逃到山里去了，与世界其他地方脱离了一切联系。在这种情势下，承续传统成了非常困难的事情，因为，如同一切活动都转入地下状态，史诗亦必然发生了变化。这或许可以用来解释史诗的碎片化状态，以及版本的繁复多样——这种形式上的变化使得史诗风格似乎很不稳定和难以把握。

他们想，如果荷马版的《伊利亚特》没有书写成文字，后来又被出版，那就很容易成为一堆碎片，或被肢解成各种不同的形态。史诗的成形与解体之循环，与可能来自宇宙星尘的创世—毁灭—再创世的循环肯定非常相似。

在他们看来，史诗越来越像神秘力量支配的诗的星系。也许有一个隐秘的导向来自那个磁力中心，游吟诗人们限制自己的自由来回应它，违拗自己的心愿以顺应其变，克制着自己的叛逆情绪。用这种思路来看问题，也许你就能理解为什么游吟诗人看上去总是不免有些癫狂，他们眼里心不在焉的神色，他们歌吟中那种怪异的音色只能来自遥远的星空。

有时候，他们告诉自己，口传史诗只能以他们所发现的散碎的形式存在，他们试图把那些碎片拼合起来是一种背叛和阉割。用这样的思路来看，口头吟诵不太像是一种诗歌本体，倒更像是中世纪教团成员的吟唱，将唱诗变成一种宗教仪式，并广为传播，好像是在传播福音或是做礼拜。一个民族的告白只能是由此而来：由于史诗材料如此预言，并且事先悲悼这个国家分裂成两部分，这显然构成了阿尔巴尼亚人民的第一诫命。这样你就可以解释这种长达千年的悲悼，那种带有不祥预兆的一味哀鸣，乃由古老教团永无休止的重复吟唱所造成。

他们的心智极度投入自己的研究工作，有时他们的梦境似乎也只是思考的继续，梦中的情形与醒着时谈论阅读和聆听录音那几个小时的思路几乎毫无区别。其实，史诗精神本身就很难区分梦境与现实的分界。在史诗中，时间与空间遵从自己的魔幻法则：情节可以延续几百年之久，人物在咒语中死去或陷入深眠，然后又醒来，死而复生，又投入战斗，他们在两场战争间隙里结婚，去自己的墓中休憩片刻（“天哪！”比尔有一天喊道，“他们好像是去度假！”），然后又起身奔赴命定的黯淡前程，诸如此类，不一而足。它构建了一种千年冲突的忠实叙述，这种冲突如同在所到之处扫荡一切的旋风。七百年里，我要杀尽你的子孙，慕杰威胁他的塞尔维亚对手的岳母。他自己的七个儿子，都叫作欧麦，都被塞尔维亚人雷多杀害了，七个儿子都埋葬在诅咒山。

在史诗中，时间有时就像光速一样挪闪，每一个预言世界末日的事件都将在转瞬之间发生，而在另外一些段落中，时间又可能立马减速，以蜗牛般的速度爬行：一处伤口可能需要十年时间来痊愈，一支送婚的队伍可能被劫持并封冻在冰雪之中，只是随着时间流逝才能解脱，重新踏上前往新郎家的路程，而尽管间隔数年之久，新郎家人们却仍在翘首等候送嫁队伍，就像第一天那样。

时间的这种特殊用法，他们在其他欧洲史诗中从未见过，甚至在冰岛的英雄传奇中也没有这样的例子。

三月到了，但白天还是像二月那样短促和暗淡。天气转暖的期盼中带着几分焦虑，两个爱尔兰人有时就在担心春天的温暖可能会把他们从史诗氛围中带离——因为他们已经意识到，史诗里的气候总是在冬季。最让人惊异的是，像阿尔巴尼亚这样的地中海国家居然能够产生所有这些与北风和冰雪晶莹相关的诗歌气候。史诗自古而今的吟诵似乎就像从冰封的原野上一路走来，脚下发出吱吱嘎嘎的声音。问题是，史诗之冷是一种无穷的堆积，永不融化的冰雪永远遮盖着底下的泥土，这一点使得两个学者想到，出现这样的气候恰好能让它的人物进入冬眠状态并在几年后重新苏醒。起初，他们理所当然地认为史诗产生于海拔六千英尺以上的高地，因为它必定植根于一派冰雪景象，可是对歌谣更细致的研究却表明，阿尔巴尼亚史诗中的典型气候与更高海拔地带的气候相一致，由此可以基本无误地得出结论，这个区域的海拔高度介于一万二千至一万五千英尺之间——从人间去天堂的半路上。

他们已经录制了更多的音带，其中有许多素材非常完美，能够满足研究进程的需要。工作进行得不错。他们成功地完成了阿尔巴尼亚史诗与古希腊史诗重合之处的案例盘点。他们确认阿特柔斯家族等同于尤利西斯家族，不仅如此，他们还发现了双重的喀耳刻、瑙西卡和美狄亚，并且找到了复仇女神和欧墨尼得斯的对应人物，阿尔巴尼亚语称之为“欧拉”和“扎那”。他们还通过细节考索进一步研究了关于“遗忘”的问题，比如游吟诗人的日常饮食，包括他们食物中磷的摄入量。（说来奇怪，那些高地人的饮食中根本没有鱼类，甚至连含磷的复合物的矿物质也很少，那类物质据信能够改善记忆。任何游吟诗人索求这样的滋养品无疑是将之视作一种魔力药水，意在增强或是删除记忆。）此外，他们还成功地录制了一首歌谣，演唱的游吟诗人据说在一个星期前实施过谋杀（一桩“血债”得以血偿），虽然他们未能确定这种体验对于诗歌或诗歌的传播产生了何种影响。

尽管种种复杂因素经常使他们的工作陷于混乱，但比尔和马克斯却觉得他们已经实现了将阿尔巴尼亚史诗编入录音带里的目标。每天早上他们醒来时，眼睛就会自动转向那个静静地泛着光泽的盒盖。他们想提醒自己，这种装置的发明就像一个奇迹。它似乎表明了，荷马史诗之谜一直要等到这种机器问世以后才能得到解决。

心里想着这样的念头，他们就有信心把所有的疑惑一扫而空。离开了录音机，当他们情绪低落时，他们会遥想那些研究荷马史诗的前辈，呕心沥血钻研学术，最终却只能放弃，他们最初的热情，他们的轻信，还有任何试图再次进行同样研究的人，现在看来成了一种讽刺，即便不是嘲笑。但录音机是爱尔兰人对抗失败和荒谬的堡垒。他们猜测，早期的学者们如果有录音机的话，可能早就解开H难题了。幸运的是，这两个爱尔兰人生逢其时：成功的钥匙就搁在他们的膝盖上，在最后的分析中，他们只需花费必要的时间就可以了。

有天夜里，他们以为机器出了故障，顿时心里愕然大惊。那天夜里已经很晚了，他们正在重播一卷录音带。音量陡然升高，接着又低下去，然后渐渐变成了刺啦刺啦的声音，像是一个中风将死的人。比尔和马克斯的脸色像床单似的煞白。即便看着自己最亲密的人遭受中风之苦也不会让他们更揪心了。他们惊慌失措，来回走动着，使劲揪着头发，找出说明书来查看，最后马克斯突然想到可能是电池问题。感谢上帝！他们发现问题出在电池耗尽，这才释然地松了一口气。然而，那种效果欠佳、带着拖长的刺啦刺啦声的机器声已印入他们脑海。机器里的全部口传史诗陷入奄奄一息的情形必然如此：听上去就是这样，它发出的声音只是喋喋不休地咕哝着死亡。关于1878年机器里播出了十二行诗句，而1913年却只能挤出四五行，就像病人在神志昏迷中的临终之言。史诗现在昏睡过去了。在它永远被死亡的沉默封冻之前，没有多少时间可以发出几句咕哝声了。

一天夜里，他们录下了高山上隆隆的雷声，还有一天夜里，他们录下了呼啸的狂风。他们心想，当他们回到纽约的家里工作时，这些声音也许有助于再现当时的氛围。

马丁告诉他们，他看见那个塞尔维亚修道士又在这附近游荡。可是两个学者怎么也想不起他说的那个人是谁。

在提交今日有关“长耳臬洞”（或称其别名“隐修窟”）的重大监测报告之前，我谨提请总督大人回忆本人提交的关于两名爱尔兰人与塞尔维亚修道士杜尚谈话的报告，这名修道士在前往斯库台途中停留于野牛骨客栈，在那里逗留了约有大半天时间，如果我能大胆提醒一句，长官，今日在“长耳臬洞”所监听到的重要对话，如果将其置于前面提及的文本之中，便不难理解其含义。此外，在提供后面的谈话文本之前，我想大胆提请您留意，长官——我这样做的目的并非想证明本人工作不是毫无疏漏之处，长官，亦并非意欲证明本人监控或有不力，而仅仅是出于对真相的尊重——因而我必须提请您注意，先生，此次对话与其说是正常的谈论，不如说更像是两个疯子的胡言乱语，并且，限于种种客观条件，总督大人自然能够理解准确复述谈话语气之困难程度。我必须重申，我并非希望以任何方式来证明什么……

“这家伙就是厉害！”总督拿起咖啡杯自言自语道。杯子在杜尔·巴克萨贾的最新报告上留下一圈咖啡色印记，就像一个封印。“他真是做绝了！”

接下来是这名密探正式提交总督的对他一直小心呵护的听力的测试证明，根据规定，他半个月前刚刚进行过这项测试，在官方证明中，他的听力达到最高的A-1级，范围是二十至二万赫兹。而且，为了能将记忆力一直保持在巅峰状态，他饮食自律严谨，杜绝一切酒精饮料，而且尽管他对美味食物有所偏嗜，但每周都会按规定份额摄入有助于记忆的含磷食物如鱼类，甚至每日三次服用医生开给他的接骨木糖浆。他再次请求总督原谅他的题外话，如此离题发挥并非出于提高薪酬或职场擢升的目的，而仅仅为了这份报告的可信度，为了完成交给他的这份任务，因而哪怕是最低程度的疑点都有可能影响对两个可疑分子进一步的监控行动。

“噢，绝了！”总督喃喃而言，他又拿起咖啡杯，那杯子在报告上留下了第二个印记。他完全明白，就算把修辞学或法律学再研究二十年，他也永远无法以这种风格写出如此流利的句子。

好吧，他想，让我们来看看故事是怎么展开的，他好像厌倦了这番前言。事实上，杜尔已经猜到总督在阅读报告时最满意的部分是辞藻华丽的介绍。如果总督允许自己对前言产生厌烦之感，直接去读后面的主要内容，那只是因为他打算事后回到开头部分重读前言以资消遣。

杜尔继续向总督汇报3月5日塞尔维亚修道士杜尚再度出现在野牛客栈附近的情形，但让密探吃惊的是，这位修道士并未试图再与外国人接触，反而似乎在回避他们。修道士没有做出任何杜尔意想中的事情——他既未留在客栈里过夜，也未继续自己的旅行，他没有回到自己的活动路线上——这样一来就带来了双重的疑点，这就需要更加警觉的监控。不知为什么，杜尚修道士在客栈后院徘徊了一阵，然后就离开了——而且，更令人诧异的是，他离开时没有骑马——朝着一个不知何处的方向走去，毫无目的的方向，也就是说，他就像是一个孤独地徘徊在沙漠中的人。关于这一点，杜尔承认，他曾犹豫了几分钟：他是应该跟着目标走，放弃眼下的监控地盘，还是等着修道士再度回到自己受命实施监控的客栈？关于这一点，报告人感到自己有责任向总督汇报，他的犹豫与任何个人想法无关，也并非碍于那些必定要遵守的有关规则和国家条例。绝对不是！他的犹豫只是因为关于监控思路的分歧，前些时候他参加过一个监控研讨会，当时主要讨论的议题是，当监控目标离开本方场地，离开受监控的观察岗位，这时对一个好密探来说，他是应该跟随目标而去，还是坚守在观察岗位上，以保证观察岗位的监控。不幸的是，那次研讨没有达成共识，讨论将延续至下一次研讨会，因此，鉴于总督现在无疑会对他的斟酌予以肯定，他得说自己当时的犹豫反映了这种矛盾之处，或更准确地说，反映了一个没有答案的事实。

“哇哦！”总督喊出声来，他用指甲在这整段话下面划下一道指痕。

杜尔接下来汇报了他跟踪修道士的经过，他一路经过许多地方，一一观察了对方踪迹所到之处，最后，让他大吃一惊的是，他观察到那个修道士进了“长耳枭洞”，也就是“隐修窟”，这是前面提到的地方（总督想来应能准确地记住这一事况），因为隐修士弗罗克居住其内而得名。

杜尔写道，那两个外国人，还有那个从南斯拉夫来的修道士和隐修士弗罗克之间的关系，很容易产生联系，尤其是考虑到当前居住在国内这一带的外国人众所周知的意图。得益于自己对地形的熟悉，而且幸运的是，留意到这个洞穴有一个通风井，杜尔便绕到小山坡背后的洞穴开挖处。鉴于他曾有过在烟囱里作业的经历，他很容易就在通风井里找到一个藏身之处。在那里，他可以非常清楚地听见两个嫌疑人之间的谈话。

报告作者在此请求总督原谅又回到了原来的话题，他顺便提到了报告的可信度，换言之，他所听到的和所回忆起来的内容的可信度，等等，等等。他明白这样的重复可能会引发总督在所难免的烦恼，但他还是希望能够再次强调一下，只是为了让这一点不被遗忘而给予双重保险，那些对话是在“长耳枭洞”上方通风井里侦听到的，或者，更确切地说，其前半部分类似那些语无伦次的精神病患者的呓语，因而很不幸地会让人对侦听者的神志是否健全产生怀疑。

在场的报告作者杜尔继续采用第三人称叙述，他本来可以用一种简单的方法来避免误解和不便，只需删去对话中的前半部分即可，这很容易解释为报告作者抵达通风井稍迟了一步，因而未能提供完整的对话版本。这样的方式对作者更为便捷有利，但他的职业道德却禁止他做出这样的选择。因为，即使对话的开头部分也许显得语无伦次甚至像是精神错乱，但它确实是发生在第一时间，或者说，是在第一时间听到的，即便它像是杂乱无章的谵妄之语，等等。我们不可避免地提出这样的问题：如果……那将如何？如果这杂乱无章只是表面的错乱呢？如果那种语无伦次事实上是两个嫌疑人彼此交流使用的密码呢？这些可能性足以说服在场的报告作者尽可能把听上去乱七八糟的对话一字不漏地记录下来。

当他进入通向洞穴的通风井侦听位置时，那两个嫌疑人（但说话声主要来自弗罗克）正在谈论世界之眼可能是在什么地方被发现的。按杜尔的理解，他们觉得（不过主要是弗罗克断然提出这一推测）这个世界，也就是说这个地球上的世界，具有自己的眼睛，就像地球上其他生物一样，在他看来，地球的眼睛先后在两处被发现，一处在格陵兰和北海之间的大西洋中，还有一处在中亚平原。“这双眼睛现在已经相当模糊，”那隐修士说，“而这个星球只能凭借它了，可大部分人错误地认为那只坏眼在西伯利亚大草原。事实恰恰相反：那视力微弱的眼睛，我定位在大洋底部，而那健康的好眼我认为是在亚洲尘土飞扬的平原上。事情就是这样，修士……”

杜尔在报告里补充说，尽管塞尔维亚修道士在他们的对话中很少插嘴，可是他对隐修士的判断基本赞同。弗罗克开始解释他最近学着如何区别正常的光与天堂流产的光（就像怀孕妇女流产一样），这时杜尚变得有些饶舌了。隐修士说，总体说来，每七道光中有一道是流产的，但当流产光的比例变得相当高的时候，那就是大麻烦来了。

这是前半部分谈话的主要内容，杜尔在报告中说，他不能确定这个杜尚修道士是早已认识隐修士呢，还是第一次造访洞穴。不过这密探现在要叙述谈话的后半部分了，那与前半部分完全没有可比性，他恳请总督原谅他采用照搬原话的形式来转述，但他觉得这样会更忠实于原意。

“好，他现在要写对话了！”总督喊了起来，“这家伙真是鬼点子奇多！”

在杜尔的报告中，隐修士回到了世界之眼的问题，或更确切地说，是在谈论那只视力不佳的眼睛，这只眼睛铁定是要瞎的，这个星球要成独眼星球了，接着他谈起了地球上的人将要怎样生活的问题，还想象那一只好眼睛也将变坏，世界完全失明之后的未来前景。这时塞尔维亚修道士插进来说：

修道士：我估计你知道那两个外国人的事情——我相信他们是爱尔兰人——在野牛骨客栈住了有一阵子了，你知道他们吗？

隐修士：我不想了解他们。

修道士：你这样没错。我也是这么想的。他们是蛇，有毒的那种蛇！

隐修士：蛇？那两个？别逗我发笑了！

修道士：一开始，那两个人给我的印象也是这样。他们似乎非常爱笑。可当我发现他们在这里工作的目的之后，我的毛发都竖起来了。把他们叫作蛇是给他们贴上一种标签。他们非常歹毒，是魔鬼的化身！

隐修士：他们在这里做什么工作？我听说他们把人的声音灌进匣子里，那里边是缠着细带子的卷线轴，以后可以抖开来再听。

修道士：没错，他们用这撒旦的机器明目张胆地犯罪，但大家只是呆头呆脑地看着，没有人怀疑这是灾祸临头了。你把这叫作匣子，我倒宁愿把它称作棺材。甚至比棺材更邪门。跟这匣子相比啊，弗罗克修士，死亡本身都是甜蜜的了。

隐修士：他们说那是一种匣子……

修道士：确实是匣子！如果他们带来了灾难，或是绞刑架、断头台，那也比给我们带来这玩意儿好！你还说是一个匣子？那是一只来自地狱的匣子，弗罗克修士！我还是把真相都告诉你的好……

报告到这儿，杜尔请求总督原谅他恢复常规叙述模式，出于某些技术性原因，他宁愿不在此详述，以免令他尊敬的读者感到心烦，使这种烦躁超出理智可以忍受的范围。

随后修道士向隐修士解释了两个外国人是如何从事他们的邪恶行径，以及他们为什么要这样做，还有那个匣子——那台机器，或据他们的说法叫作录音机——非常邪恶的玩意儿。“那是一种诡异的器械，”他告诉他，“就像把泉水吸干或是让草木枯萎的巫术，比那还要邪恶。巫术可能会毁掉草木和水源，可那种机器却是将古老的歌谣围起来，把它们囚禁在里面，你是知道的，一旦声音被关起来，那歌谣就有灾祸了，就像人的影了砌进墙里，他就枯萎了，他就会死掉。这就是他的下场。我倒是没什么关系的，因为我自己在这儿也只是个外乡人，我的土地和我的塞尔维亚歌谣离这儿很远，都在安全的地方，可是我为你们这里即将发生的事情悲叹哪！那两个爱尔兰人用那种机器就能把你们的手脚剁下来。他们把那些古老的歌谣都毁了，那是你们生活中的快乐啊，没有那些歌谣，这儿就变得像聋子一样了。你们有一天早上醒来，会发现自己在一片荒野上，你们将把脑袋埋在手里，而这些魔鬼却已逃走。他们把你们的一切都抢走，你们的余生将因受到诅咒而成为聋子。你们的后代子孙，一代又一代，将会因为你们的粗心大意而谴责你们。我就这么说了。”

杜尔在报告中说，隐修士一开始只是专注地听着修道士讲述，但后来他就开始气愤地哼哼起来，你可以说他被激怒了。

“你让我愤怒了！”他对着修道士嚷道，“现在，你告诉我应该怎么做！”

修道士没有马上给出对这一问题的回答。他劝隐修士在采取任何行动之前，要想好适当的步骤，要有长远和深入的考虑。然后，他冷不丁地说已经太晚了，他要赶紧走了，他择日再回到这儿跟他讨论这整个事情。

密探在报告结尾处提到，当他正要返回客栈时，他注意到修道士离开了大路，消失在远处。

第十一章

透过半睁半闭的眼睑，戴茜辨识出几英寸外丈夫枕上那一绺灰发。她在睡意蒙眬中想：今儿无疑是星期天了。因为一周的其他日子，醒来时床上都是只有她一个人，丈夫已经去办公室了，只有在星期天，他才像她一样起得晚。

她两眼完全睁开了，看了丈夫几秒钟。他熟睡的脸庞挺招人怜爱。暖气肯定关了，她想着，于是拉过毯子盖在他肩头上。卧室里一夜的暖意几乎消失殆尽，雾蒙蒙的窗玻璃上挂着一道道水渍，这是热气将要消尽的又一迹象。今年的冬天真是盘桓不去。戴茜的思绪有时会完全无意识地沉浸在一些鸡毛蒜皮的琐事之中，每天早上都是如此，然后就转向那两个爱尔兰人，她已经有一些日子没见到他们了。因为想到冬天迟迟不去，思绪便奇怪地跳到了爱尔兰学者身上。他们说起过冬天结束以后的事情，不是吗？啊，是的，天气暖和起来也许能让他们到山里去走走。

那就离我更远了！她心里在说，内心的痛楚甚至比窗玻璃上的凝霜结得更厚。她根本不能想象他们对她会不感兴趣（很难说是什么原因，尽管比尔占据了她大部分心思，但现在她似乎总是把他俩搁在一起，称作“他们”）。不，她甚至都没有闪过一丝这样的念头。当然她并不生气。她确信这不是真正的冷淡，而是一种因为他们缺席而产生的心理副作用，而且如果他们真的想来做更多拜访，事实上会遇到许多困难。他们对荷马的事情是那么着迷，她酸溜溜地想。她对所有那些古人的废话干脆抱有一种敌对态度。

同样，她还确信爱尔兰人一定谈论过自己。尤其是上一次，她和比尔跳舞时，他有两三次朝她挤眉弄眼来着，他的同伴说了几句什么，比尔越过她的肩膀回应了几句。没错，她敢肯定，他们是在谈论她……

我的主，我的爱……戴茜想起自己在电影里学来的仅有的几句英语，长叹了一口气。只是想到在冰雪覆盖的大平原的某个地方，在上帝遗弃的某个小客栈里，两个男人在用英语谈论她，这才让她心里升腾起一股狂喜的高潮。

另一场舞会要着手准备了，接下去还有一场告别派对，她带着忧郁的心情考虑着。她将沉迷在更多的幻想之中，也将度过更多的不眠之夜，然后被失望碾碎。她的丈夫和她会尽可能忘记那些接待。为什么还是对那种喧嚷的场面着迷不已？为什么？她呻吟着，眼里噙满泪水。

然而片刻之后，她又跟他们相逢了，在一场向他们表示敬意的晚宴上。所有上一次聚会接待过的客人都在场，壁炉里燃着火，就像以往一样。唯一不同的是大家嘴里的话变了，就像餐桌上客人们坐的位子调了个儿。比尔说着本该由邮政局长说的话，其他客人也发生了同样的错位交换，而戴茜自己——真是太丢人了！——她发现自己居然说着肥皂商老婆的陈词滥调……

床头电话铃声把她从梦中惊醒。她拉过毯子盖住脑袋，可她在床上听到丈夫从睡梦中伸出胳膊去接电话。

“喂，”他睡意蒙眬地问道，“喂，是谁啊？”

没等他的声音变过来，她感觉到他的身体像通了电似的陡然绷直了。

“听从您的吩咐，先生。我全力效忠您，部长先生。”他脱口而出，“噢，您收到了，是吗？那太好了，先生。您说什么？经您批准派来了一位懂英语的情报员？真是太好了，先生。老实说，我都对此不抱希望了。不是的，不是的，别担心，部长先生。我们会在鸟窝里逮住小鸡的。而且很快——我可以发誓，部长先生。”

电话里交谈这工夫，戴茜掀开毯子在听。谁是那个懂英语的情报员？她听得一头雾水。她丈夫继续在跟部长说话。他又说了一遍“在鸟窝里逮住他们”，还有“小鸡”这词儿。

当他放下听筒时，他脸上堆满了笑容，就像碗里的水都快溢出来了。

“谁是懂英语的情报员？”她问。

“噢，你醒了？”他喜滋滋地回应道，“是啊，不会不吵醒你。该死的电话！”

“你在说什么一个情报员，还懂英语……”她又问。

“那是部里的公务。你知道那都是很乏味的事情。”

“是不是跟两个爱尔兰人有关？”

“什么？哎呀，你怎么会想到他们？说真的……瞧，戴茜，你干吗不再睡一会儿，怎么还在那儿胡思乱想？”

“你要派人去监视他们？”

她觉出他在床上绷紧了身子。随后弹簧床垫嘎吱一声，好像又放松下来了。

“要是真这么做了又怎么样？假设我们真的像你说的那样做了，难道那就是世界末日了不成？”

她咬着牙。嘴里是一股苦涩的味道。

“那是不体面的行为。我们邀请他们来吃晚餐，然后又……”

“哈哈！”他突然大笑起来，“你怎么永远都长不大？”

他伸手去抚摸她的脸庞，她却厌恶地躲开去。

“可话说回来，我倒是喜欢你这副样子。”

“别来烦我，”她顶了他一句，“让我睡觉。”

看上去她真的又睡过去了，等了片刻之后，总督下了床，踮着脚尖尽量不发出一点声响地走出卧室。她想，他肯定是去办公室给他的密探们打电话了。

她想象着电话铃声在爬满臭虫的卧室里响起，然后，宿醒未醒的家伙（他们自称密探），眯缝着眼睛，伸手拎起话筒——就像几分钟前她丈夫那样。

我是一个职阶不高的官员的妻子，她心想。她曾向典狱长老婆和肥皂商老婆倾诉过心中的恼恨，而这种言辞根本打动不了她们。她丈夫的工作比那两位的老公的要来得肮脏，确实如此。她才是需要被怜悯的人，真是这样。

她睁大眼睛。窗玻璃上凝结的水渍让她想起悲喜剧面具上的眼泪。她突然惊悸地想起，他们这是要监听那两个外国人的谈话。那两个爱尔兰人对自己将落入陷阱的事儿还一无所知。“那些小鸡……”这么称呼他们是不对的。他们完全被蒙在鼓里，好像作为被捕食的鸟儿“撇出去了”——戴茜的奶奶曾说过这样的话。更不用说他们还可能监听到爱尔兰人在谈论她的事儿。她自己的名字被那些积满耳屎的耳朵听了去！她在床上翻来覆去。“我得做点什么。”她对自己说。这不是电影里那种耽于幻想的时候，该是采取真正行动的时候了。要去提醒他们……

她想象着两匹马拉着一辆挂着帘子的马车。车里，一个女郎戴着黑色面纱，那可能就是她自己。噢，上帝，这种镜头她在电影里见过上百次了……然而，这辆马车载着一个忧心忡忡的女郎驶向野牛骨客栈。

这个周末，懂英语的密探抵达N城。他住进了环球宾馆的一个房间，除了总督和他的一名随行人员，没人知道这个身穿黑西装、蓄着八字胡的先生来此的真正目的。不过爱打听事儿的城里人，必然一开始就在揣摩这个来自首都的造访者的真实动机——这是自然而然的。不过打听到的消息不能满足他们的好奇心，于是接下来的一个星期里人们自然就更来劲了，自始至终在刨根问底。各种各样的说法都有，有人说他是古董和古代手工制品收藏家，有人说他是养蜂人，还有人说此人是来呼吸高山新鲜空气进行疗养的精神病患者。另外，根据造访者频繁离开宾馆的情况，有一种推测认为他是在各处巡察，这多少有些靠谱，与未曾揭示的真相还沾点边儿。猜疑是首先出现在本城密探之中，出于完全可以理解的理由（彼此是同行，是职业对手，等等）的吗？还是这些密探在什么地方采集到这种传言，然后出于前述同样的根据，为他们自己编造了这个故事？这很难说。不过，这些密探自己想要查明底细的兴趣不难理解。因为在所有封闭的圈子里，在处处都是魅影和暗语的密探世界里，也有明星和败类，菜鸟们对他们的导师充满仰慕，同时也充满妒忌和仇恨，初入行者梦想着未来的荣耀，伴随着地拉那密探的开拓和冒险传奇，包括他们在外省工作陷入困境的失望，等等。所有这些绷紧的神经突然变得活跃起来，就因为某个脑袋油光蓄着八字胡的神秘人物的到来，他异乎寻常地信步踱入环球宾馆的餐厅。

最令人惊奇的是，这些传言在密探封闭的圈子里转悠了一圈，最后泄露到外面的世界去了。当然，多年来这是公开的秘密，N 城密探们的忠诚和献身精神在某种意义上并非绝对。确实，自从君主制宣告复辟，以及难忘的巴洛克·维希（“神耳”，他真名叫戈乔库，鉴于显而易见的原因已改名换姓）在 N 城建立了一种新职业以来，这已是一个众所周知的事实。不过，让事情弄到如此丢脸的地步——换句话说，让传言从密探自己的神秘圈子里泄露出去，在普通人群里披露细节——嗯，这倒真是越过了底线！

总督和他的部下仔细地讨论了这件事情，得出的结论是：泄密不是这里的主要问题，因为这本来就是人之常情，问题是有人私下里希望警告嫌疑人，帮助他们脱离危险。据总督判断，他所面临的情况也许正好与此相反，也就是说，这种泄密并非出于对两个外国人的同情，极有可能是N城居民中爱国热情高涨的表现，他们以极大的热忱欢迎来自地拉那的密探。（哼，你们以为带着粗雪茄还有你们那搞笑的机器踏入我们的地盘，就能为所欲为？哼，外国佬先生，你们还是三思为好！你们甚至想象不到我们会怎样对付你们，外国佬先生！我们就要把你们所有的小伎俩全都搞明白了，还有你们的英语！）这似乎应该是泄密的真正原因。

对于传言根源的这种分析（是爱国热情的复活——不可否认，这种热情近年已在N城消沉多时）让总督放心了，于是他对这些消息的进一步传播很快充耳不闻了。

传言还在继续流播。甚至这位新密探的真名也在本地人嘴里传来传去了。人们还提到他在地拉那国王身边的特勤工作，他跟首都社交界女士们闹出的桃色事件，包括与大使夫人们的关系，以及许多诸如此类的绯闻。他是一流的密探，你不能否认这一点，本城的属下带着妒忌的口吻强调说；他习惯在宫殿和教堂的地下室里工作，不像他们那样要在爬满臭虫、到处是鸟粪的谷仓里干活。杜尔·巴克萨贾，有机会和首都来的人一起蹲野牛骨客栈阁楼的人，听了这种话肯定觉得很受贬损。当然对他来说，能够和这样的明星一起工作，应该是一种极大的荣耀。除非是上头认为杜尔没有必要干下去了，解除了他监控爱尔兰人的工作？对啊，还用说吗，他该被取消掉工作资格了。现在，大师就在那儿，他还能做什么？

不过，还有传言说杜尔仍然继续他的监控工作。这只是根据常理判断：从地拉那来的那人不可能一天二十四小时都在监控，无论如何这是不可能的事情。他只是在特定时间段进行监听，晚上，他就要回到舒适的宾馆房间，把杜尔留在阁楼里。

一天，戴茜对她丈夫说：

“我听说来了个懂英语的密探，可你什么都没跟我说。”

“那又怎么样？那好像也不是什么重要消息！”

她仔细观察丈夫的眼神，他的目光在起居室里四处乱转，似乎在寻找什么东西。

“至少得感谢你这回没有试图否认。”

“嗯？”他说着就离开了房间，还在假装寻找着他失落的什么东西。

戴茜身子窝在扶手椅里，盯着地毯。某种不寻常的悲哀时不时地挟住了她，这种悲哀像是路面上的积雪在慢慢融化，比真正的刺痛和强烈的悲恸更难以承受。她还没有打定主意奔向客栈。她前思后想，拿不定主意，找不到能够克服那些障碍的办法，比如找谁和她一起去，为她这趟行程编造一个什么理由。有时候，她平静地对自己说，该发生的事情都已经发生了，监听活动已经布控到位，她去向外国人报信也无济于事，可是相反的思路马上就冒了出来：也许他们还没有说过什么不得体的话，也许灾祸尚在引而未发阶段。于是，之前奔向小客栈的冲动又回来了，她要想出一些说辞向她唯一的朋友邮政局长老婆解释，为何要去小客栈，接着，她又苦于拿不定主意，在那儿踌躇不决：她能说出多少真情？她能照实说吗？……

这是真正的折磨，她内心不住地叹息。她还从未想到自己竟这样没用，下不了一个决心。可是她必须马上行动！如果她只是想设法警告爱尔兰人不要谈论她，那么从事窃听的脏耳朵们至少不会听到她的名字了！也许，他们能够从这警告中得到某种暗示，而且拼凑出整个事情的其余部分？

天空依然是阴沉沉的，当然，在这三月时节，阳光毕竟有了本质的改变，天空变得开阔起来了。比尔站在窗前朝外面望去，马克斯在他身后忙着摆弄录音机。游吟诗人单调的歌咏让他听得昏昏欲睡。

马车驶进客栈院子的动静把比尔从遐思中惊醒了。他凑近窗玻璃，擦去上面的凝霜，但仍然看不清是什么人从马车里下来。有那么一瞬间，他以为自己认出了那个身影，可是雾气又让一切变得模糊难辨。

那女人是谁？他疑惑地想着。我好像在什么地方见过她……他用手擦擦眼镜片，却吓得从头到脚都在瑟瑟颤抖，他意识到不是那人影本身模糊，而是自己视力出问题了。难道他的视力如此之坏，几码之外的人都看不清了？

这段时间以来，他越来越担心自己的眼睛。“急性青光眼。”他咕哝着，这可怕的眼疾最近成了他活生生的噩梦。他闭上眼睛，接着马上张开，希望这不过是一时的视力缺损，他现在能够看见一个女人上了马车。但还是跟刚才一样，所有的一切，甚至那辆马车，似乎都被雾气吞没了。

“马克斯，”他转身对朋友说，“我们得马上去地拉那。我几乎什么都看不见了。”

总督拆开信封，几乎不敢相信自己的眼睛。信封里不是杜尔的每日报告，而是一封辞职信。

“是我疯了还是杜尔疯了？”他喊出声了，“两个外国人马上就要束手就擒这当儿，他竟然要辞职？”

总督惊愕不已，情报员在信中先是为他的辞职造成的麻烦恳求原谅，而总督一旦读到辞呈内文，可能会觉得不是自己精神错乱了，就是报告作者杜尔疯了。

但不是这么回事，密探说，情况并非如此：总督并非出现幻觉，而他杜尔，也没有疯掉。他神志完全正常，头脑完全清醒，他只是要求卸去自己这份差事。

他接着写道，心怀叵测的人，毫无疑问是拿请辞作为一种小伎俩，对相关安排不符合自己职级而发泄内心的不满，譬如说，薪酬，等等。但他相信总督出于对他杜尔的了解，足以相信他永远不会允许个人野心或一己私利影响其工作。宵小之辈也许会揣度他的辞职是出于某种屈辱，因为来了一位懂英语的密探。对他们这些人来说，这样的解释完全正常，一条黄瓜十之八九都是水分，按照相同的比例来说，构成他们的人生的只有仇视和怨恨。

十之八九都是水分！总督把这句话重读了一遍。杜尔知道得真多！他想，他不仅仅是个密探，这人还是个万事通。

这正是人们该想到的，密探写道，而总督大人应该还记得，就是他，杜尔，曾大声疾呼——也许这么说会让总督不快——要求从首都派遣一名同行来 N 城。

不对，他最后说，所有关于他的这些说法都并非实情。长话短说，他现在尽可能以毫不含糊的坦诚态度表明，他有完全正当的理由提出辞呈：3 月 11 日，上午十一点整，作为情报员为王国忠诚服务了七年之后，他第一次在值守期间打盹了。

噢，原来如此。总督释然地叹了口气。这在 N 城是公开的秘密，大部分官员上班时都会打个盹，尤其在夏天。但杜尔要做得别出心裁。为了让他的告白更具悲情色彩，这位密探用粗黑线在那些话四周画了个框，弄得像是一纸讣告。

杜尔写道，没人看见他打盹，所以，他本来可以什么都不说，因为只是他一个人在野牛骨客栈的小阁楼上。他完全可以对此保持缄默，但他不想欺骗。他从未向国家隐瞒过任何事情。因为仅凭自己的道德良心就能监督自己，多年来他接受的所有的密探训练都告诉他，一个优秀的密探需要自我训练，比如说，训练耳朵在困难环境中的听力，不必说那些极端条件下的听觉干扰——狂风呼啸，大雨倾盆，雷声隆隆，大海咆哮，以及狗吠、鸟鸣、猫头鹰尖叫，等等。他从不允许自己困于瞌睡，无论是闷热的炎夏，还是冰冻三尺的寒冬，他都能在四十八小时内保持头脑清醒，甚至他蜷缩在小阁楼上，听着下面的嫌疑人鼾声大作也不会犯困。而且，他总是把耳闻目睹的一切都记录下来，既不添油加醋也决不删枝减叶，决不玩弄任何花招和伎俩。他在完全隐秘和沉寂的状态下完成任务，就像每一个密探通常所做的那样；他尽力不向无关者吐露丝毫口风，但对于国家他却抱有别人无法想象的坦直与真诚。由于这个原因，他不能隐瞒发生于 3 月 11 日上午的事况。

总督深深地叹了口气。

3 月 11 日，上午十一时，密探报告说，他像往常一样躺在野牛骨客栈爱尔兰人下榻的客房的天花板上面，听了一会儿游吟诗人的录音，他突然意识到客栈院子里有车轮辘辘启动的声音。哪儿来的马车？他立即问自己。它是从哪儿来的？为什么一开始他没有听到马车驶入的声音？他揉了揉眼睛，心想自己刚才肯定是打瞌睡了。打盹了，肯定的！他感到非常羞愧，他实际上已处于昏昏欲睡的状态！当被马车声闹醒时，他还没有完全恢复神志，所以他只看见一个女人半隐半现的身影，像一团浓雾似的飘进了马车，然后就离开了。

他从未遭遇过像这样让自己震惊的状态。他不仅错过了那女人与嫌疑人可能有过的交谈，而且居然都没看清那女人的模样。

事实上，他不能确定她是否与嫌疑人真的有过接触。至于她的身份，日后可能会弄明白。但这并不是让他感到沮丧的真正原因，事情远非如此。这是一桩发生在他自己身上的灾祸：让他觉得自己就像一只破碎的花瓶，从上到下都碎了。由于忍受着无法忍受的痛苦，被持续不断的悔恨折磨着，他已陷入无可救药的绝望状态。他既不要求宽恕也不请求安慰。安慰的语言只会加重他的痛苦。他只要求一件事：退休去过一种被人遗忘的生活。根据必要的章程，他向总督提交这份正式报告，请求辞去他担任的王国情报员一职。

总督久久凝视着他如此熟悉的那个签名，内心涌上一阵又一阵的悲哀，伴随着一股强烈的无名怒火。这突如其来的辞呈究竟是怎么回事？真的是出于道德良心的痛悔，还是为了掩盖别的什么事儿？

阴暗而谵妄的思绪，在他的脑海里像乌云似的堆积在一起。那个女人是谁？失去杜尔报告的人生前景只能与悲哀为伍了——那是一种彻骨的遗憾之痛，隐约伴有怀念失去青春的感伤，这个插曲有如一个时代的终结——他还是在怀疑：杜尔真的是没能认出那个女人，还是在用这种方式表示不愿供出那个女人？

总督脑门子上一阵阵发颤，似乎是中了一种古怪的魔咒。“退休去过一种被人遗忘的生活”，他大声念叨着杜尔信上的话。他敢打赌杜尔不会从这个圈子里消失，除非为了过后以一种新的身份重出江湖：一个神秘的来访者，一个先知，甚至是一个王位觊觎者！上帝知道，像这样的人，什么可能性都有！他有时会突然想到，他最喜欢的密探大可上升到难以企及的高度，达到极高的高度，坐上全球首席密探的交椅！最后那个念头让他脊梁骨一阵战栗。他觉得自己的思绪越过了某种边界，可他就是控制不住自己。他想起隐修士那番胡言乱语，世界的一只眼睛在中亚平原某个地方发挥作用……

他突然意识到，自己从未见过杜尔·巴克萨贾本人，那个被人称作“帽檐儿”的家伙。年复一年，他阅读他的报告，却对此人的音容笑貌一无所知。从来没见过他的样子，也没听到过他的声音！他在脑子里转了一圈，几乎大声喊了起来：“真有这个人吗?”

他突然从椅子上站起来，打住了最后这番胡思乱想。

第十二章

每一滴药水带来瞳孔收缩的呆滞状态，显得更加令人怜悯。第一滴，接着第二滴，然后第三滴，瞳孔外面覆盖了一层淡淡的灰绿色药膜。

靠着新出的强效眼药水，经过四天的治疗，比尔觉得自己的视力有了一些改善。这种药刚刚上市，而他们居然在地拉那的药店里买到了（据说王后的母亲眼睛也有问题，所以从国外进口了这种新药）。

由于比尔的眼疾，两位学者的精神状态大受打击，不过现在总算有了转机。渐渐升高的冬季气温也给他们带来了愉悦的心情。那天一大早，比尔心里充满了快乐，他大声喊道：

“嗨，马克斯，你看见那只鸟了吗？它在飞向诅咒山，是不是？”

马克斯转过脑袋朝窗口看去。

“没错，它正是朝诅咒山飞去。真是奇迹呀，比尔。”

比尔完全明白朋友话里的双重含义，他能辨认出一只飞翔的鸟，而且，还能说出它飞行的方向。奇妙之处还在于飞鸟表明春天的到来。这一年的大部分时间里，没有一只鸟飞过诅咒山，这也是此山得名的原因之一。

“上帝的奇迹，比尔！”马克斯加重语气说，一边拍着双手。

比尔的眼疾使他们的进山计划耽搁了一段时间，而现在看来，它可以重新提上议事日程了。他们甚至让斯特杰凡去雇一辆马车来，并要求马丁跟他们一起进山。

进山旅行是他们这项工作最重要的部分。他们现在已确切知道在什么地方能够找到那十一位游吟诗人，都是他们录过音的吟诵者，个别的人他们会录第二遍，其余的人要录第三遍。

此外，他们并未放弃一个微弱的希望，尽管它有些不合逻辑，那就是想碰巧发现最后的史诗作品，了解其苦思苦吟的产生机制——也就是说，想要找到时间上比歌吟1913年事件更晚的诗节。自从1878年出现过十二行史诗，又过了三十五年，出现了1913年事件的五行诗，从那以后又过去了二十年，再有两三首隐而未现的史诗难道不是很有可能吗？事实上，鉴于史诗的古典性质，当代人觉得足够漫长的几十年对史诗而言只是一瞬间，在口传的历史尺度上只是几分钟而已。

他们完全知道自己的希望没有基础。1913年，史诗从长久的休眠状态中苏醒过来，那是事实。但那只是因为一场可怕的灾祸——国家遭到肢解——于是激起了生命力最后的爆发。此后阿尔巴尼亚的一段历史就完全风平浪静了。也许是这段缺乏想象力的时期造成了口传史诗的最后死亡。

马克斯和比尔曾就这个问题进行过讨论，但他们有些惊讶地意识到，尽管如此，他们并没有完全打消发现“史诗喷发”（epivent）的希望，这个词是他们为当代事件转变为史诗篇章而生造出来的。

尽管此前他们对阿尔巴尼亚史诗在传统上呈零散分布状态感到失望，但现在他们觉得对获得完整的资料系统重新建立了一种信心。这些史诗，似乎碎片化地散落于不同的时间和空间，就像耀眼的彩虹你无法抓住，就像风中的灰烬，很难把它们搜集整理出来，现在却被锁在标着数字的存放磁带的金属盒里了。有时候，几乎很难相信他们居然已经驾驭了所有这些仇恨和激情。

戴茜从未这样专心注视着从庭院大门到房子前门这段路。外面在下雨，石板路上闪着怪怪的光影，好不令人心烦。她很熟悉这段路面，每一块石板都很熟悉，她记得哪块石板有点松动，雨天里会把她的长筒袜溅湿，从来不忘绕开那块石板走。可这还是第一次，她在楼上细细打量那些石板，从二楼的窗口俯瞰着。从这个角度看过去，她不太容易判断哪块石板会溅起泥水，把路上走来的男人的裤腿弄脏。

懂英语的情报员大约会在十五分钟后来访。上午十一点，一个她不认识的人要来见她，而她丈夫却不知道……不过，因自己这偷偷摸摸的勾当引起的一阵战栗只持续了几秒钟。她带着些许苦涩想起事情的概要：那人在她的邀约下来跟她见面，有着相当独特的缘由，这关系到其职责所在。她犹豫再三才草草写下的那张短笺上是这样说的："我有要事想与您面谈。我恳求您，务必要严格保守秘密。"

一个星期前，在她去野牛骨客栈找爱尔兰人，结果扑了个空之后，她下了决心。那次旅行是乘坐马车沿公路干线一路向北，本来要去圣玛丽教堂看壁画，途中在客栈停留时，她说想在那儿喝杯水，她和客栈主人聊了几句，然后坐着马车打道回府了——所有这一切现在回想起来就像云里雾里，好像并没有真的发生过，只是她梦幻中的一些片段。

因为试图去见外国人而不幸铩羽而归，她又开始绞尽脑汁找别的办法给他们传递消息。再坐着马车去一趟，肯定会引起客栈主人的怀疑，她也没有勇气拽上邮政局长的老婆与自己同行。她也曾想过让自己的女仆——这是她完全信得过的人——给他们送张字条去。所有这些可能采取的措施在脑子里过了一遍之后，她突然想起新来的情报员。如果她直接跟他说会怎么样呢？毕竟，这个懂英语的情报员是整个事情的关键，他不就是从 A 到 Ω[①] 吗？这是个大胆的主意，很有诱惑的想法。毫无疑问：这个情报员是所有事情的关键。他那双耳朵直接探听他们的消息。除了他，还有谁能告诉她，比尔和马克斯是否真的在用他们魅力十足的英语谈论她？**我的主，我的爱**……这个念头逐渐驱走了所有其他想法。

---

① 从 A 到 Ω：即希腊语的第一个字母到最后一个字母，意谓事情从头到尾都掌握在他手里。

即使她自己不承认，她也并非不知道自己的每一个行动，包括最终决定给那个密探写便笺，都是出于渴望与两个爱尔兰人重新建立联系。当然，她在自己不常有的清醒状态下暗暗对自己说，他们是另一个国家的公民，不会真有什么风险。可是她很快就把这想法撇在一边：大部分时间里，就像现在这样，在她等待着花园大门随时吱呀一声被人打开的时候，她很愿意相信，她，戴茜，要把他们从危险中拯救出来。

快到十一点了，那密探随时可能到来。

后来，在她对这段插曲的回忆中，此人的到来形成了两个版本：

在第一个版本里，这位密探不慌不忙地进来，戴茜，从窗口注视着，目光随着他的每一个脚步，所有的情形都像是电影里的慢动作：大门开了，脚步踏在湿漉漉的石板地上，门铃响了，他踏上台阶，这时他说："夫人，我很高兴能为你效劳。"

在第二个版本里，造访者几乎是脚不沾地，直接从庭院门口飞到了二楼起居室，他用好奇和灼热的目光凝视着她的眼睛，流露出满心的爱慕——此外，还带有介于自信和轻薄之间的那种神情。仁慈的上帝啊，一个真正的密探就应该是这样的眼神！她心想。然后是同样的言辞："我很高兴能为你效劳。"

他来了，正如她期盼的那样，同时却又不完全符合她的想象。他一头油光光的黑发亮得有些令人生畏，跟他的眼睛像是同样的材质。她从未见过什么人的眼睛和头发能有这般和谐搭配。这密探的眼睛，带着奉承的意味匆匆一瞥。这双眼睛在仔细研究她的面庞，她料想他确实偷听过爱尔兰人对她的品头论足。没错，没错，他眼里充满了心照不宣的神情，就是那种分享秘密的意味。她亟欲知悉两个外国人言谈内容的心情压倒了一切。如果她不是一个相当羞怯的女人，她此时此刻就该央求眼前这密探：求求你，快告诉我吧，把你听到的都告诉我，他们是怎么用英语说的（你可以一边翻译出来），一五一十地告诉我，原原本本的每句话，他们是怎样谈论我的！

不过，她还算有些自制能力。她开始拐弯抹角地闲聊。在她后来的回忆中，这一部分谈话甚至比其他部分更混乱。事实上，她不可能很准确地回忆起当时所有的细节，除了当她说话的时候，他闪闪发亮的眸子就像两颗燃烧的煤球不断被风煽动，而她认为他知道的情况其实比她猜测的要多得多。

“我认识那两个来过这儿的外国人，”她终于提到这一茬了，压低嗓音说，“你知道这个情况可能会让人觉得奇怪……同样的……”

密探悄声打断她，好像是生怕吵醒了屋里其他人：

“夫人，我看得出你有些尴尬，可是你得知道，对于这一类情况，我相当有经验……”

“当然相信。”戴茜回答着，抬眼与他目光相视。

他的脸现在跟她凑得很近，戴茜对这位密探的各种风流韵事亦有所耳闻，那些传言都模模糊糊浮现于脑际。她想，料到你就会这样，一边慵懒地报以微笑。他带着亲切而谦恭的神情，把她的手攥在自己手里。

“你真美啊!”

“你竟敢如此无礼!”戴茜眼里满是嗔怒。

密探并未松开她的手，却直视着她的眼睛。

“夫人，我的职业召唤使我有许多机会去……”

“我明白，我明白，我听说过你和你那些……”

他笑了，继而用一种近乎鬼鬼祟祟的口气在她耳边说：

“……有许多机会去把视线投在浴室和卧室中的女士们身上——社交界的夫人们，对许多男人来说只是遥不可及的梦中情人……包括你，也许，当你在首都观光，下榻大陆酒店的时候……”

“天哪!”戴茜暗暗地尖叫起来。她确实在那家酒店住过。想到这儿，她半个脑袋就麻木了。倘若他见过她全身赤裸的样子呢?那意味着什么?什么!她听见自己内心有一个尖细的声音在喊。倘若他真的见过她的裸体，那不就相当于……

他把脑袋靠近她，嗅着她头发上的香水味儿，戴茜心里方寸大乱。她需要什么东西来支撑自己，但她所有的意识都集中在这一点上：如果他所说的确曾发生过，那么剩下来的一切都只是细节问题了。

她感觉到他的双手抱住了她的腰部，她本来应该推开他，可是在那一瞬间，她却顺水推舟地放纵自己。

他走了，随后，戴茜恍惚听到庭院大门的铰链吱呀一声。她把睡袍拉到赤裸的肩头，走到窗前，拉开窗帘。外面仍在下雨，好像什么事儿都没发生。他至少可以告诉她，爱尔兰人在谈论她什么，她默默地想着，站在那儿仍是头晕目眩。她没有尽力打听那个问题。而且，她不再有兴趣了。有些东西进入了她的整个身心，她不愿去想任何别的事情了。她慢慢地走进浴室，打开热水龙头，跨进浴缸。

她丈夫回家吃午饭时，她还泡在浴缸里。

她在餐桌上安排好膳食，旋即总督就说起了国王和匈牙利女伯爵订婚的传闻。

“出什么事了?”他问道，她居然对这种王室传闻没有表示出一点兴趣，“你是不是头痛了?”

“是啊，”她回答，“我整个上午脑袋都痛着。”

他朝自己的餐盘垂下脑袋，戴茜一说到头痛他总有几分内疚。他清楚地知道，妻子的偏头痛主要是因为她永远都不能生育。

午餐就是这般落落寡欢的气氛，这个说一句，那个才说一句，后来戴茜说要去躺一会儿。又过了一会儿，她丈夫就回办公室了。

晚上还是老样子，唯一不同的是，晚餐后总督没有回办公室，而是把自己关进书房里，戴茜则回到卧室。

她想睡觉却怎么也睡不着。现在她确信要挨过一个不眠之夜了，要面对青铜座钟凄凉的奏鸣。她不明白自己为什么会失眠。这是她第一次欺骗丈夫，但她没有后悔之意。不是后悔，那是另一回事，一种无法忍受的空洞，伴随着全然自轻自贱的感觉。这种感觉从何而来？她可以愠怒地嘲笑自己：她当然知道这种感觉从何而来！她曾有过的梦想是完全不同的情形——是与来自异国的荷马学者的风流韵事，是与说英语的绅士的肌肤之亲，等等，等等——结果她却投入了一个密探的怀抱。而且不只是随便哪个密探！跟她上床的密探还在监听她梦里牵挂着的男人。太具有讽刺意味了……

好像这还不够，她都能想象出那种场景，那个眼神迷离的妇产科医生，由于好奇而兴奋不已："男方是谁？……"别问了，别问了，别问了，她内心尖叫着，她永远不会把真相和盘托出。她会编造一个故事，虚构一篇微型小说，或是一桩偶发事件（她有点醉意，在舞会上，更重要的是，完全是巧合……），但是她永远不会泄露真实经过。这么想了想，她心里稍微平静下来。脑门子上的抽动也放缓了。也许我不会怀孕，她想，她开始变得相当镇静。她不必如此担惊受怕。说到底，她不是第一个，也不是最后一个出这种事儿的女人。半数的电影里都有这样的情节，还有你记得的那些书里——《安娜·卡列尼娜》《包法利夫人》，还有许多别的书，她一时想不起来了……噢，她只要能睡着就好了！其实她的偏头痛已经消退了，一切都会好起来的，除了脑门子上……这可怕的噪音是从哪儿来的——报时的钟槌敲响了，敲出当当当的声音，就在脑袋外面敲吗？……她把脑袋埋到枕头下面，试图捂住钟声的回响，这当儿，她感觉丈夫上床了，好像他已经猜到了妻子的心事。莫非他已经识破了所有的一切，抑或这噪音确实从外面传来，只是要加重她的痛苦？她的脑壳仍然感到疼痛，这时她听到丈夫说：

“有人在敲门！”

“怎么回事？”她一下子坐了起来，猜不出究竟发生了什么事情。

她看见他伸手去摸床头灯开关。在通亮的卧室里，他的声音完全变了。

“有人在敲前门！”

现在能清晰地听出确是敲门声，在一阵阵的叩击中，你都能听到有人在喊叫：

“总督先生，长官！总督先生，长官！”

是他的声音，她听出来了，心里很害怕。她脑袋左右摇晃着，好像要把这个可怕的念头甩出去。她丈夫跳下床，走到窗前。

“总督先生，总督先生！”喊声来自外面，这会儿越发响亮，亦越发清晰。

“是英语情报员！”总督大声说，他非常吃惊，“肯定出了什么事儿……”

她睁大眼睛看着丈夫在卧室里手忙脚乱，找衬衣、裤子，然后是外套。

“别听他的！”她呜哇乱喊，抽泣起来，嗓音嘶哑得都不像她平时说话的声音了。尽管总督有些抓狂，却还是停下片刻，留意地看看她，好像不能相信这声音是从她嘴里喊出的——“别走!”

对于密探在这种时刻来访的几种可能的解释，雷鸣般地在她脑子里隆隆作响。是好消息的话，这密探就不至于跑到他们门前踢打喊叫了。我的上帝啊，她不由自主地哼哼起来，这到底是怎么回事呢？也许他是快疯了，想来把她带走，把他们的事情告诉她丈夫，说服他让她走，抑或是来羞辱他，嘲笑他们两个，要不就是来杀害她丈夫，也许，没准是来赔罪的。事情到了这个份上，所有这些推测似乎都比较靠谱，同时也都让人难以置信。也许他对自己的行为感到后悔，或者更糟的是，他产生了某种愚蠢的道德危机感，再说作为国家公务员，她估计他很可能向上司坦白自己违反了一条组织纪律，拿国家机密换得一时欢愉……可是我并没向他打探任何消息啊，我甚至都没有告诉他我为什么要把他找来！她为自己辩解，痛苦地想着如何撇清自己。所有这些念头像旋风似的在她脑子里掠过，她一边使劲盯着她丈夫穿衣服的动作。

“别走!”她再次发出恳求。

总督抑制着自己的紧张不安，这种紧张不安的程度并不亚于他的妻子，尽管他们牵挂的事情完全不一样，不过总督终于做出反应了：

“戴茜，现在显然是有紧急情况，可你也没理由这样惊慌。”

她不可能第三遍恳求他不要出去，因为他几乎是翻着跟斗似的下了楼梯。一切都完了，她想。现在没有办法阻止事态发展了。

她跳下床，走到窗前。她听到敲门声再一次响起，接着是喊声，现在几乎是声嘶力竭的大喊：“总督先生，长官，长官！”她打开窗子，带着雨丝的寒风钻入了她的睡袍。她听到丈夫的脚步声，然后是金属门锁打开的声音，这声音让她脊梁感到一阵刺痛。她扶着窗沿尽力使自己不至于倒下，听着两个男人交织在一起的对话。她听不清他们在说什么：他们的话语不时被叹息声和激愤的大呼小叫声打断。

他们往前门走来，对她来说，即使是听到他们要用手枪决斗的消息，她也不会感到太吃惊了。她仍然靠在窗前，像一个受审的被告，等着听取罪行宣判。下面的木楼梯上响起了两个男人的脚步声。他们随时都可能闯进这间卧室……可是他们走进了总督的书房。她听到拨电话的声音，然后是她丈夫在说：“喂？警察局吗？”

什么！她几乎要失声尖叫起来。这样的事情要叫警察来干吗？他们这么快就达成谅解了？这怎么可能！她听到丈夫在书房里又说：“这事情非常紧急——我要你们派出十名最精干的警员，马上出发！”

她脑子完全是一片空白。卧室门终于被打开了，他站在那儿惊呆了，因为发现床上没人。然后，他看见她在窗前的身影，说：

“发生了很可怕的事情，我马上就得走。”

“是怎么回事？发生了什么？”

“在那儿，在小客栈……爱尔兰人遭人袭击了。”

“他们被杀了？”

“没有，但他们可能受伤了……我得走了。快回到床上睡觉吧。”

他关上房门，戴茜回到窗前。虽然从头到脚都在发抖，但她还是站在那儿听着两个男人的说话声，听着汽车的噪声渐渐远去。

“真是个疯狂的夜晚！”她长叹一口气，把手放到前额上，闭上眼睛。然后她又悄声地纠正自己的想法：“就好像白天过得还挺正常似的……”

总督回来时已经是后半夜了，他含含糊糊跟妻子说了几句。她感觉到，他根本没有把事情说明白，他的话依然让她如堕五里雾中。

有两三次，她问到一些疑问之处，让他再说一遍，可他就是不肯说。

“别再问我了。我自己都不知道究竟是怎么回事。真是一团乱麻……嗐！都搅在一块了！简直叫人看不懂！我得睡上一两个钟头才能想明白。我脑袋都快炸了。”

她等着他醒来，希望能从他嘴里问出点什么，可完全是徒劳。他甚至变得更加神经兮兮了。好像他小睡片刻就是为了证明他神志不清，他显露出一副相当迷惘的样子，根本说不清楚那究竟是真实发生的事儿，还是梦里的情境。他所有的叙述只能使戴茜相信，他似乎想蒙住她的眼睛，她旋即猜测也许是密探利用一路往返的机会……不过她马上放弃了这种怀疑，因为电话铃声又响了，这一事件在电话线路里反复陈述，不断被阐释，说法变得越来越多，也变得更费解了。

后来，等到天大亮时，第一份报告传到了她这儿，后面是一些陈述和证言，直到很久以后，所有的细节都被记录在案，并分类归入报案人的卷宗，甚至有些情况还在报刊上捅出来了，结果整个事件并不比那天总督在黎明之前告诉妻子的情况更清楚。戴茜认为那都是人云亦云的说法，只不过添加了一些细节而已。

根据七七八八的汇报和目击者的陈述（主要证人是英语情报员），事情过程大致可归纳如下：

将近凌晨两点，这位密探不得不去接替杜尔·巴克萨贾的工作，因为后者莫名其妙地擅离职守，所以他钻进了阁楼，恰好就在爱尔兰人卧室上方，他先是听到一阵喧闹，然后是一声尖厉的叫喊。所有其他证人都说听到了这声尖叫，但给出的解释却五花八门。那位密探在他的报告中宣称，他相信，这声尖叫应该来自马丁（据他报告中记载，马丁是遇袭时第一个受伤的），但其他人，包括马丁自己，却说那声尖叫是别人发出的。有人说是客栈里的一个客人，有人说肯定是其中一个匪徒发出的，因为被什么东西绊着了，或是在黑暗中遭到马丁的猛击，或者，更简单的说法是，只是想在袭击前弄出一种恐怖气氛。至于斯特杰凡，他认为是爱尔兰人发出的尖叫，想来这是最合理的解释了，如果马丁没有说过他在匪徒砸开外国人房门之前就听见了叫喊声的话。有人甚至觉得这叫喊声来自密探本人……

总督把材料从头到尾翻阅了一遍，他很惊讶，怎么看到那晚客栈里大部分人都能跟那声叫喊扯上关系，尽管这在本案总体事况中几乎不可能作为重要因素来考虑。他承认自己被这些证人的证词完全搞晕乎了，他们瞪眼看着他，好像他提交了一份难以置信的假证言，而总督愈益坚信，在这一点上他可能永远也不会跟他们取得一致的看法了。他越来越倾向于相信，其实没有人叫喊，他们每一个人都以为别人发出了叫喊，其实只是他们没有谁能够抑制住内心的尖叫。

反正，随着这一声或真或假的叫喊之后，客栈前门被一帮来历不明的家伙砸开了，在骚乱最初的一瞬间，每个人都像歹徒、凶犯或是从精神病院逃出来的疯子。第一个起来反抗他们的是马丁，他脑袋上挨了一撬棍。住店的有些客人带有武器，可是他们没法拔枪还击——因为天太黑，他们措手不及，而且也怕伤及无辜。客栈主人终于点亮了一盏油灯，可是有一个家伙，毫无疑问是歹徒一伙的，从他手里夺过油灯踩灭了。不过，就在油灯照亮的一瞬间，他认出了隐修士弗罗克，这个辨识对于袭击者来说是很致命的。在混乱和仓皇中，黑灯瞎火之际，他们跌跌撞撞地跨过马丁受伤倒地的身躯，顺着木楼梯直奔二楼爱尔兰人住的房间，这证明了他们这次袭击的意图很明确。当歹徒开始强行砸门时，爱尔兰人发出叫喊：“怎么回事？谁在砸门？来人哪！”密探这时还在阁楼上，所以随后发生的一切他都听得清清楚楚：门被砸开了，闯入者的吼叫，受害者的呻吟和咒骂，还传出击打金属物体的声音。就在这当儿，他离开了自己的监控岗位，从窗口爬到客栈后院，然后就跑到城里去报告情况了。

当总督和警察赶到时，他们目睹了噩梦般的可怕场景。仅有的一盏油灯映照出满目疮痍的残骸，他们不难辨认被歹徒袭击的痕迹。除了马丁，客栈里还有几个旅客也受伤了，其中包括一个爱尔兰人。另一个学者在哭泣，脑袋埋在两手之中。他们所有的设备都被捣毁了，已不可修复，尤其是那台录音机，显然是歹徒们狂暴攻击的主要目标，他们不仅砸了机器，还把里面的录音带扯出来，剪成碎片扔了一屋子。

所有的一切只是发生在顷刻之间。当楼下的客人回过神儿，这伙歹徒已遁入夜色之中。据客栈主人说，当总督带着警察赶到时，歹徒们还没有跑远。其中有个家伙可能受了伤，因为有个客人开了枪（每个人都听见了那声痛苦的叫喊），所以，如果总督不嫌麻烦，那伙人里边很有可能被抓住几个。

总督下令警察赶在歹徒逃窜进深山之前追上去，这当儿斯特杰凡突然想起他忘了提供一个重要细节：他认出了歹徒中的一个人，隐修士弗罗克。

搜捕立即开始了。幸运的是，那天晚上还有微弱的月光，警察关了车灯，沿着朝北的大路慢慢向前推进，他们远远地看见了那伙歹徒的身影。第一个被抓住的是那个受伤的家伙，还有两个搀扶着他的同伴。其他几个跑得稍远，在山脚下也被逮住了。至于弗罗克，他是在他的洞穴里被抓的，他大声咆哮着，满嘴胡言乱语。

从第二天黎明开始，整个N城都在议论这件事。一小群人聚集在监狱门前的街道上，心想凑巧能看一眼那伙恶棍，他们的动机仍是一个谜。尽管下起了蒙蒙细雨，但人群还是没有散去。他们在四周晃悠，直到囚犯们出现在街道远端，两个两个铐在一起。他们前额上耷拉着几绺雨水打湿的头发，脸色显得更苍白了。他们的眼睛鼓凸着，好像就要从眼眶里掉出来了。

“那是隐修士弗罗克！是弗罗克！”当警察押着那伙人走近时，人们三三两两地小声议论着，带着惊悸的口吻，“瞧那个流氓！”

“仁慈的上帝啊，他们手上在流血！”一个老妇人喃喃而言，“不该这样对待人啊。”

“不是血，老奶奶，你看错了，”有人解释说，“你看到的不是血，是生锈的手铐上淌下来的雨水。”

两天后，一家全国性报纸报道了这一事件，包括这伙歹徒被捕的消息，报纸把他们称为“歹徒、极端分子和秘密教派分子”。文章描述了几个细节，结尾还配以一张毁损的录音机和磁带的照片，同时还有对其中一位外国学者的采访报道，篇幅短小且实在令人费解。“现在，史诗又重新散落了，就像以前一样。”学者说着，一边在流泪，他指着从录音机里拽出来的录音带，“我们试图把这些散落的碎片恢复到原来的文本，可是现在又成了碎片，就好像……好像遭受了一场自然灾害。”记者强调说，这位外国学者多次使用了“大灾难”这个词，在有一处还称之为“无边的大灾难”。

第十三章

整整两天两夜，他们把自己关在环球宾馆的房间里，拒绝跟任何人见面。到了第三天，他们坐马车去野牛骨客栈收拾自己的东西。天色阴沉沉的，天气还像冬天一样冷。因为马丁不在，斯特杰凡帮他们把行李搬上马车，几乎没说一句话。他们把毁损的录音机留在了那儿，因为它已经几乎成了一堆破烂，大部分磁带都没有用了。他们曾试图捡回一些毁损不严重的磁带，希望上面能留下点儿有用的东西，但最后比尔说：

“算了，让它们去吧。我觉得不会再有用了。”

他一直在揩拭自己的眼睛，尽管他没说什么，但马克斯估计他朋友的视力蓦然又是一片模糊。因为那瓶眼药水也跟其他东西一样被砸了，现在就没法再进行治疗，比尔的情况是越来越糟。

他们跨进了马车，最后又看了一眼客栈的大门，那剩下的半块招牌似乎朝周围的乡野投下一道遗忘和放弃的阴影。每一种声音，每一个动作，都只能加深他们的损失无可挽回之痛。他们几乎就要找到揭开荷马之谜的密钥了，而就在他们即将抓住一切的时刻，却被人从他们手里夺走了，毫无来由的暴行，完全不知道是出于什么原因！为了让自己打起精神，他们有时也会说这样的话，也许明年，或是几年后，他们再回来重新开始这项研究，但他们自己也知道那是不可能的，他们永远都不会回来了。因为即使他们真的再回到这一地区，也找不到那些游吟诗人的踪迹了，或是就算找到了，也只是寥寥几个，而且他们也不会理睬这事儿了；不只是游吟诗人，还有这遗存的整个史诗实验场，从此以后都将被埋葬在遗忘的灰烬下。史诗的世代在这个世界上真的是结束了，在它的光芒永远熄灭之前，他们缘于一种最纯粹的运气而得以窥见它最后的闪烁。他们抓住了最后的光辉，却又失之交臂。夜的面纱将永远落在这片史诗的土地上。

是的，事情就是这样：夜色永久地降落了。尽管他们不敢向自己承认这个事实，但他们可以想象再度造访只能是一番毫无热情的旅行，因为这地方的魂灵已经离去，几乎不可能在尘土中辨认那位伟大诗人白手杖的标识，那是他们曾试图揭开的谜团。

比尔和马克斯坐着运货马车，在沉思中一路回到 N 城。他们要在 N 城逗留到这个周末，然后长途汽车将把他们带往首都。

这回在城里不像上一回，他们绝不冒险走出宾馆，也不见任何人。最后跟他们接触的当地人只有环球宾馆经理和搬运工布莱基，布莱基帮着他们把行李搬到车站，然后又蹒跚走到酒吧，接着不知为什么，他把自己灌了个烂醉，开始说起他的第一个妻子，在那之前从来没人听说过她。

* * *

过去了一段时间。这是小城极其平常的一天，这一个星期没发生什么大事，只是蒙蒙细雨下个不停，不像是这个季节本地的正常天气。但是淅淅沥沥的雨丝跟这小城挺相称；不仅与小城的建筑显得很相衬，而且感觉中与小城的整个生活方式很合拍。雨水单调的滴答声似乎尽力帮助人们适应压在他们身上的重负，缓解他们现实生活中岌岌可危的命运。

去年冬天事实上给他们带来了一系列意外事件，尽管起初风平浪静，几乎让人不知不觉。外国学者的到来，使这一地区与荷马产生了关联，女人的流言蜚语和想入非非，野牛骨客栈神秘的旅客，然后是懂英语密探的抵达，对客栈的神秘袭击，血淋淋的镣铐，从地拉那涌来的大批记者——这一连串事件，搁在 N 城这样的穷乡僻壤显然令人难以承受，尤其是都发生在同一个季节里。

现在，一切都已烟消云散。在咖啡馆里，那些起初反驳所有臆想的荒谬之说，而后在公众的集体压力下屈服的怀疑论者，这时候又十分坚定地指出：“你们知道，那是我们自己误入歧途，我们不需要把自己城镇的名字和那个死了四五千年的家伙扯到一块儿！真是蠢到家了！如果只是在这儿开设一家番茄酱工厂，或是建一处很久以来人们一直在说要建的温泉浴场，那倒也许不必为此说三道四，但荷马的事情压根儿就是胡扯！这就是什么，这就是罗曼蒂克的民族主义！过时的偶像崇拜！你们也许还想给一个幽灵套上缰绳！什么样的幽灵呢，我问你们——一个瞎眼幽灵！”

咖啡馆里的听众都点头称是，好像在说：是啊，的确是这样，我们怎么会这么蠢，居然没想到所有这一切？天哪，一个瞎眼鬼！不过，谢天谢地，现在整个事情已经结束，不会再有祸害了，因为事情的结果可能已经是坏到极点了。

这就是咖啡馆那些常客的说法，不过在这个星期四下午，城里的妇产科医生的看法却完全不同。他站在自家房子一楼的大凸肚窗前（这房子一部分改为私人诊所），看着刚刚由他做过妇科检查的年轻女人走在雨中狭窄的小巷里，小心翼翼躲避着地上的积水。

医生瘦长的脸上，下巴与下嘴唇之间那块地方（因为那块地方形状有些古怪，医生这张脸跟通常面相学给定的比例不一样）浮现出某种像是微笑的表情，那既是委婉表达嘲讽的热望，又带着多年后终于等来结果的病态满足。

不像你们想象的那样，两个外国人造访 N 城的后果不会那么容易被抹去。

他眼睛冷冷地扫过白色搁架上闪闪发亮的医用器械。不像你们想象的那样，比如说，为了从这个女人身上做掉事情所制造的后果，他肯定要在她身上使用那些器械。

“难以置信！”他咕哝着，当他再把目光投向那条小巷，她已经不见了。他等了那么长时间，终于等到她来他这儿就诊！一个季节接着一个季节，她还是没有来。“她似乎永远不会背叛她的总督了！”

可是现在，就在他不再确信她需要他效力的时候，她来了。就像他期待的，她怀孕了。

“夫人，您怀孕了。”当他宣布诊断意见时，她坐在那儿两颊飞红。还没有等他要求解释原因，她就开始说了，好像他们已经有了多年心照不宣的默契。不，她不会向他隐瞒任何事情，她有过一次冒险，就是两位博学的外国人中的一位，准确地说就是患青光眼的那位……这就是她说的话，她用近乎呆板的口气讲述着，好像她早就在心里默诵过似的，当她匆忙披上衣服时，她两眼死死地盯着诊室的出口，她没回答他预约何时来做手术的问题，也没有回应他最后向她做出的保证，他说自己即使是全国最后一个医生，他也是一个绅士，她可以相信，她丈夫永远不可能知道任何事情……

好，好，好……医生沉思着，仍然站在挂满雨水的窗前。谁能猜得到事情背后的真正原因呢？他感到一阵深感遗憾的痛楚，就像因潮湿引起的一阵风湿性疼痛，他从未记录过所有这些发生在他漫长的职业生涯中的怪诞的插曲。

肯定就是同一天，比尔·诺顿和马克斯·罗斯，裹着旅行斗篷，站在从都拉斯驶往巴里[1]的渡轮甲板上，望着阿尔巴尼亚海岸

① 巴里：意大利东南部港口城市，濒临亚得里亚海。

线退向远方。事实上，只是马克斯在看着，因为比尔已经几乎看不见任何东西了，马克斯劝他的同伴重新使用眼药水，但比尔只是做出极为冷漠的反应。有一次，他说回到纽约后他会进行真正的治疗，其实他的语调已清楚地表露了一种听天由命的态度。

马克斯从侧面看着他的朋友，回想着自己也曾对这场灾难的结局感到心灰意冷。荷马的报复……他徒劳地试图摆脱这个念头，但它已钻入了自己内心深处。也许那位伟大的盲诗人总是要报复试图解开他秘密的人……

这个想法让马克斯不寒而栗。失去视力也许是进入荷马之夜的必要前提？

他摇晃着身子，好像要抖去那些阴郁的杂念。他想起在码头上买了今天的报纸，还塞在口袋里，他掏出报纸，竭力防着风把报纸刮走，他对比尔说：

“嗨，看哪！我们上新闻了……”

“是吗？”

他们找到一个避风的地方，马克斯先把那篇文章看了一遍。

“对歹徒的审判很快就要开始进行了。”几分钟后，他读到一半就对比尔说，“关于煽动这起袭击的人，有个挺有意思的假设……”

“是吗？”

“他们提到了塞尔维亚人的一些事情。”马克斯一边抚平被风吹得鼓起来的报纸，一边说。

“当然，当然了，”比尔评价道，“你还记得那个长着一张滑稽面孔的修士吗？”

报纸在马克斯手里发狂似的飘舞着。

“听听这里是怎么说的：‘这并不是斯拉夫沙文主义者第一次野蛮破坏学者们关于阿尔巴尼亚人文起源的研究工作。任何提及阿尔巴尼亚人的伊利里亚族源，尤其会激起他们残暴与嗜血的恨意，所以，天哪，像这样的事情，在巴尔干半岛比比皆是。’噢，等等，这是什么意思？‘任何直接或间接涉及这个话题的人，在他们眼里都是敌人。十年前拿撬棍把南斯拉夫学者米兰·萨夫莱①打倒在萨格勒布小街的那只手，毫不颤抖地击中了两名穿越大西洋而来的荷马研究者。’”

比尔摸了摸被击打过的前额，那儿还肿着。

“瞧这儿，内页还有谈论我们的事儿。”

马克斯一边读着，一边不耐烦地皱起眉头。他点点头，似乎想笑，然后嘟囔着：“真是不可思议！”

“怎么啦？”比尔问。

“真是不可思议啊，比尔！”马克斯说，他没有抬起眼睛，“我们一直期待的‘史诗喷发’，瞧这儿！你知道是什么题材吗？真是难以置信！这是你能想象到的离我们发生最近的事情：是一首史

---

① 米兰·萨夫莱（1879—1931）：克罗地亚历史学家和政治家，因认为阿尔巴尼亚人系古代伊利里亚人后裔，触忤斯拉夫极端分子，被打死在萨格勒布街头。

诗性质的诗篇……是说我们的!”

“你在说什么啊?”

“瞧这儿。噢，你看不清字母……对不起，比尔，我忘了。等等，我来大声念给你听。‘一个黑色的 aprath 从波涛中升起……’开头是这样的。”

“什么?你这话是什么意思?”比尔结结巴巴地问。

“一个黑色的 aprath 从波涛中升起……”

“aprath 是什么?我不明白。”

“我猜是德语词 aprath 的阿尔巴尼亚语说法，一件设备的意思——这儿是指录音机。”马克斯说，“是啊，它就是这个意思。嗨，听下面的:

一个黑色的 aprath 从波涛中升起。
有人说它来到这儿是给我们送来福祉。
还有一些人说，它只会带来悲哀。
有人说它给生活带来了笼中的夜莺。
可是上帝啊，还有一些人说，它让拉胡塔失声……”

马克斯抬起头，似乎要和朋友分享惊讶。他还不敢相信自己的眼睛。

“还有吗?”比尔问，“继续念啊!”

马克斯咽了咽口水，继续念报纸上的诗:

隐修士弗罗克走出洞穴
他在那里隐修了七年
有人认为他是个好人——
另外一些人说，他是魔鬼的化身。
噢，上帝啊！他拼命击打 aprath，
他榨出它黑色的胆汁——
慢慢拽出它所有的肚肠，
在他的狂号中，山摇地动……

马克斯又抬头看一眼他的朋友。比尔最近常有一种走神的样子，似乎总是直愣愣地盯着人看。

“真的是说我们……”他条件反射般地用阿尔巴尼亚语说。

“真是悲剧性的误会啊！”

现在想纠正这一切已经太晚了。但就因为这种阴差阳错，他们成了构成这个神秘世界的一部分。整个事件画了一个圈。

渡轮鸣响一声长笛。马克斯正想再回到报纸上，但比尔脸上的表情突然引起他的注意。这惊呆的脸庞，似乎意味着内心有什么东西就要沸腾起来了，他这张脸，明显老化，因风吹日晒，皮肤已经革质化了，他的眼睛，多多少少就像完全失明的人一样，看上去就是用石头做的。

“一个黑色的 aprath 从波涛中升起……”比尔喃喃地说。

马克斯稍稍有些吃惊，他正想问“你什么意思”，但他意识到这个问题本身毫无意义。

突然，比尔从斗篷下伸出右臂，就像是别人的肢体在做一个手势，他把手掌举到脸上，搁在脸颊上部和耳朵上，手指在头顶上做出隆起的样子。Majekrah（翼尖），马克斯想到，但他没时间去多想了，因为他的伙伴已经开始吟唱起来，用一种单调而不带表情的声调，吟唱起刚才念给他听的歌词。

他令人惊讶地准确重复着那些歌词，念咒般的音调拉开了他们的距离，感觉中他们好像来自不同的时空。

仁慈的上帝啊！马克斯想，他真的是病了。他就要死了……

“死亡”这个词接连从他思绪中穿过，但奇怪的是，现在似乎没有任何意义。那只是把什么东西裹起来的那层外壳。

地拉那，1981年12月